ベリーズ文庫

冷徹皇太子の溺愛からは逃げられない

葉崎あかり

STARTS
スターツ出版株式会社

目次

冷徹皇太子の溺愛からは逃げられない

港町での騒動

春の陽光が燦々《さんさん》と紺碧の海へと降り注ぎ、水平線上に白銀のきらめきを無数に作り出している。

波止場には大小様々な船が数多く停泊し、水夫たちのかけ声とともに、多くの積み荷が次々と船外へ降ろされていく。

港町ホーグ。

スフォルツァ帝国の南西に位置し、連日、漁船や貿易船が沖合に帆を広げ、市場には水揚げされたばかりの魚や、各地から収穫された色とりどりの野菜と果実が豊富に並ぶ。町の中心にある大通りの商店では異国の珍しい特産物が人々の目を楽しませ、飲食店からは魚介類を使用した料理の芳ばしい匂いが漂う。

海の玄関口としては国内最大の規模を誇り、帝国の経済を支える主要地域のひとつである。

その大通りの往来の中に、フードつきの茶色い外套を纏《まと》った、ふたりの若者の姿があった。どちらも長身で肩幅が広く、外套の下には麻のシャツと焦げ茶色のズボンを身につけ、黒いブーツを履き、腰に長い剣を帯びている。ともに年の頃は二十代半ばといったところか。

「かなり賑わってますね」

ひとりが煉瓦《れんが》造りの建物の間から微かに吹き抜ける潮風を褐色の髪に受けつつ、横に並んで歩く青年に声をかけた。

「そうだな」

連れのほうを見ずにやや抑揚のない声でそう答えたもうひとりの人物は、フードを目深に被ったまま、その下から覗《のぞ》く緑の双眸《そうぼう》を周囲に向ける。通った鼻筋に形のよい唇《くちびる》、そしてスッキリとした顎のライン。たとえ顔全体が見えなくとも、それだけでもかなり端正な顔立ちの持ち主だということがわかる。

「ウォル様、少しの間だけでもフードを取ったらいかがですか？　風が気持ちいいですよ」

「俺の目の色は目立つ。だからこのままでいい。ここでは気遣いは無用だ、ユアン」

「申し訳ありません」

このふたりは主従関係にあるようだ。ユアンと呼ばれた褐色の髪の青年が、歩きながら一瞬頭を下げる。だが、ふたりの間に堅苦しい雰囲気は窺《うかが》えない。フードの青年──ウォルは少し口角を上げると、ユアンの肩に軽く手を置いた。

ウォルとユアンは町の様子を眺めながら大通りをしばらく進んだところで、前方に人だかりを発見した。

「なんでしょうか」

「とりあえず行ってみるぞ」

ふたりが近づく間にも、どこからかわらわらと野次馬が集まってきて、次第に男の野太い怒声が耳に届く。ウォルもユアンも並いる男性より頭ひとつは高いので、野次馬たちの壁の外からでも、難なくその中の様子を窺うことができた。

男がふたり、もめている。よく見るとそうでなく、昼間から酔っているのだろうか、顔を真っ赤にした三十代くらいの男が、もうひとりの小柄な男の胸ぐらをつかんでいる。酔っぱらい男が何かわめいているが、ろれつが回っておらず、よく聞き取れない。つかまれた男は、酔っぱらい男の剣幕にすっかり怯えて身体が震えている。

「何かあったのか?」

ウォルが呟《つぶや》くと、そばにいた中年男が通りに面した料理店を指差しながら答えた。

「ああ、あの店の給仕と客だよ。料金を踏み倒そうとして咎《とが》められた客が逆上して、料理がまずいだの言い始めて、給仕を外に引っ張り出したらしいよ」

「誰も助けに入らないのか」

「あんなゴロツキ、相手にしてたらキリがないよ。こっちも巻き込まれたくないしな。さっき誰かが警備隊を呼びに飛び出していったから、そのうち来るだろ」

そう言うと、中年男は用事でも思い出したのかそのまま立ち去っていった。確かに巻き添えを食いたくないのだろう、あたりには興味なさそうに通り過ぎる者や傍観に徹している者ばかりで、誰も止めに入ろうとしない。

(あとは役人の仕事か……この町の警備隊がどんな働きをするか、見てみるのも悪くない)

ウォルはそう思いながらも、もしあの酔っぱらいが給仕や通行人に危害を加えようものなら、自分が止めに入ることも頭の隅に浮かべていた。

「いけませんよ、ウォル様」

不意にユアンが押し殺した声で囁《ささや》いた。先ほどまでの穏やかさは消え、その表情には険しさしかない。

「あなた様の身に何かあっては、取り返しがつきません」

「……俺は何も言ってないぞ」

「お仕えして長いので、ウォル様のお考えはわかっているつもりです。とにかく、私が止めに入りますからここを動かずにいてください」

酔っぱらいは給仕を睨《にら》みつけていたが、震えているだけの相手に面白みを欠いたのか、やがて突き飛ばすように手を離した。給仕が尻もちをつくのを見て、「今日はこれで勘弁してやる」とニヤリと笑い、ドカドカと大股で歩きだす。周囲に群がっていた人々が慌てて道を空けるが、その先で遊んでいた四歳ほどの男の子が逃げ遅れた。

「邪魔だ、ガキ!」

怒鳴られた子供は、突然のことに顔が強張り、身体は硬直している。

「どけって言ってんだろうが!」

子供を蹴り上げようと男の右足が動いた、その時だった。

「やめて!」

あたりに高い声が響いたかと思うと、ひとつの人影が子供の前に飛び出した。十七、八歳ほどの若い娘だ。

驚いた男の動きがピタッと止まる。

「こんな小さな子に乱暴しようとするなんて、どうかしてるわ」

その娘は物怖じせず、両手を広げて立ちはだかると、男を見上げた。

微風に溶け込むように緩やかに揺れているのは、艶やかな蜂蜜色の長い髪。水色の瞳には芯の強さが宿り、桃色の小さな唇はキュッと真横に引き結ばれている。凛とした表情は、誰の目から見ても美しい。

若草色の長袖シャツとスカート、そして編み上げブーツという飾りけのない出で立ちだが、服の生地も仕立てもよい。貴族ではなさそうだが、そこそこ裕福な商人の娘かもしれない。

「さ、早く逃げるのよ」

娘の声に、子供は我に返ったように頷くと一気に走り去った。

「なんだぁ？　怖いもの知らずなお嬢ちゃんだな」

口元を歪《ゆが》め、不機嫌さをあからさまにした男だったが、目の前の生意気な娘が、色白で美しい顔立ちをしていることを認識した途端、好色な目つきに変わった。

「……虫の居どころが悪かったが、まあいい。お嬢ちゃん、俺に付き合え」

「あら、私はあなたなんかに用はないわ」

娘は男の言葉に、ツンと横を向く。

「でも、言いたいことはあるかしらね。警備隊が到着する前に、ちゃんとお店に謝罪と支払いをすること。それじゃあ」

怯えるどころか、娘は表情ひとつ変えずにそう言い放つと、踵《きびす》を返した。

クスクスと押し殺した笑いが周囲から沸き起こる。小娘に軽くあしらわれ、面目丸潰れになった男の顔が怒りで一層赤くなり、娘を追いかけながら腕を振り上げた。

「このアマっ……！」

嘲笑から一転、群衆から小さな悲鳴が上がる。娘も気配を感じて振り返ったが、怒りの形相の男が目前に迫っていた。逃げる隙もなく、娘は思わず顔の前で腕を交差させると、衝撃に備えてぎゅっと目をつぶる。

だが、男の腕は上がったまま振り下ろされることはなかった。

「それくらいにしておけ」

別の人物の声が聞こえ、娘はハッとして顔を上げた。男の背後にフードを目深に被った長身の青年が立っている。男はその青年に腕をつかまれていたのだ。

「この……邪魔すんなぁ！」

男は振り向きざまに、自由な手で青年に殴りかかる。が、いとも簡単にその拳をかわされてしまった。それどころか、虚しく空を切ったその腕を青年につかまれ、己の身体が浮き上がったかと思った瞬間、背中から地面に叩きつけられていた。

鈍い衝撃音とともに「ぐふっ……！」というくぐもった音が、男の口から吐き出される。そのまま、身体に激しい痛みを感じながら、青い空を仰ぎ見るしかなかった。

「今すぐは動けないだろう。しばらくそこでそうしていろ」

低く呻《うめ》く男を見下ろしたまま、冷ややかな口調で言うと、ウォルは視線を上げた。

さらに群衆が増え、「すごいな」「一瞬すぎてわからなかったぞ」といった声が、あちらこちらからあがる。娘も突然の出来事に呆然《ぼうぜん》と大きな目を見開いて、ウォルの顔を見上げていた。

双方の視線が絡み合う。

先ほどまでの娘の瞳には強い光が窺えたが、今は緊張から解放され安堵《あんど》したのか、柔らかい眼差しに変わっている。

（気が強いだけの娘だと思っていたが、きっとこっちが本来の表情なのだろうな……）

ウォルはそう思ったが、特に声をかけることなく、娘に背を向けて歩きだした。

「あの……！」と、呼び止める娘の声にも振り返らない。人が集まってきた今、目立つことは避けたい。

ユアンも群衆をかき分け、ウォルのそばに駆け寄った。

「何をなさっているんですか！　さっき申し上げたばかりでしょう⁉」

「……すまん」

「人を投げるなど、そういった行いは慎んでください……！」

「丸腰の相手に仕方ないだろう。それとも剣を振り回せばよかったのか？」

「……そうではなく公衆の面前なんですよ。あなたのお立場を考えてください。とにかく、ここを離れましょう」

ふたりは足早に大通りの往来に紛れ込み、その場から立ち退いた。

しばらく無言で歩いていたが、ウォルが静かに口を開き、沈黙を破る。

「さっきからつけられている」

「……そうですね」

「次の路地に入れ」

ウォルは速度を上げると路地を右に曲がる。ユアンも続いた。さらに左の角を曲がると人通りのない道に出た。それでも、ふたり以外の誰かの足音が、遅れて響いて聞こえてくる。ユアンは慎重な面持ちで、万が一に備えて外套の合わせの隙間から手を入れ、腰に帯びていた剣の柄を握った。

「ユアン、その必要はない」

え？と聞きたそうなユアンの顔を横目に、ウォルは突然歩みを止めると振り向いた。

同様に振り返ったユアンの表情が、間の抜けたものに変わる。

彼の目に映ったのは、先ほどウォルが助けた、蜂蜜色の髪のあの若い娘だった。彼女も、ウォルが突然こちらに向き直ったことに驚いたようで、立ち尽くしている。

「俺たちに何か用か」

低く静かに、ウォルが尋ねた。

「えっ、ええと、さっきのお礼をちゃんと言ってなかったから……」

娘は我に返り、数回瞬きをすると、やっと口を開いた。

「助けてくださって、ありがとうございました。でも尾行するつもりはなくて、機会を逃しただけなんです。だって、あなたたち、とても足が速いんですもの」

好感の持てる明るい笑顔の娘を、ウォルは無表情のままじっと見据えた。

「……そんなことを言うために、ここまでついてきたのか」

「そんなこと、じゃないわ。ちゃんと恩人にお礼を言うのは大切なことよ」

「だったら、大通りの途中で声を出して呼び止めたらいい」

「それも考えたけど、そんなことをしたら、あなたたちが目立ってしまって困るんじゃないかと思って」

確かに目立ちたくはないのは事実だ。だが、そのことを初対面の者に悟られ、さらには気遣われていたことが、ウォルは気に食わなかった。

「こんな人通りの少ない路地にまで入り込んで、見ず知らずの男たちを追いかけてくるなんて、危険な目に遭っても自業自得だぞ。それとも、そういうのが趣味か」

通常の娘ならば、『侮辱された』と憤るかもしれない。ユアンがやや咎めるような眼差しを送ってきたが、ウォルは応えずに受け流した。

すると、娘は神妙な面持ちで頷《うなず》く。

「そうね、あなたの言う通り。私、昔から周りの人たちから向こう見ずだの跳ねっ返りだの言われてるの」

そして、少し落ち込んだように肩を落とした。

さすがに言いすぎたか、とウォルが後悔の念に駆られ始めたのも束の間、すぐに娘は澄んだ水色の瞳をまっすぐ彼に向ける。

「でも、〝見ず知らず〟の私を助けてくれて、忠告までしてくれるあなたは、少なくとも悪い人じゃないと思います」

「別に忠告では……」

子供のような純粋な微笑みを向けられて、ウォルはこの呆《あき》れるくらい無邪気な跳ねっ返りとまともに話をすることが、だんだんバカらしく思えてきた。

「大通りに出るまで一緒に行ってやる。俺たちもこんな道に用はない」

ため息交じりに言って歩きだす。ユアンがすぐに続くが、娘はウォルの横に並んだ。

「あなた方は旅をしてるの?」

ウォルたちの格好からそう推測したのか、娘が話しかける。

「まあ、そのようなものだ。お前はこの町の者か?」

「いいえ、家はここから少し離れたところよ。時々、父の仕事の都合で、ついでに連れてきてもらってるの」

「ひとりで出歩いて大丈夫なのか?」

「ええ、あまり遠くに行かないようにしてるし、せめて家の外では自由でいたいから」

『では、家の中では窮屈なのか』と、ウォルは問いかけようとしたが、やめた。名前も知らない、今しがた会ったばかりの赤の他人の事情に深入りする気はない。

「私も外の世界を知ってみたいけど……女には無理かもしれないわね」

娘が少し寂しそうに微笑んだところで、ちょうど大通りに出た。

「ありがとう」

「別に礼を言われることじゃない。たまたま方向が同じだっただけだ」

ぶっきらぼうに答えるウォルとは対照的に、娘は微笑みを絶やさない。

「さっき、ひとりで出歩いて大丈夫か、って言ったでしょう? 心配してくれてありがとう。じゃあこれで」

娘は別れを告げて小さく手を振ると、ウォルたちのもとを離れていく。しかし、数歩進んだところで何かを見つけたらしく、道端へ駆け寄り、その場にしゃがんだ。

「おじいさん、どうしたの!?」

娘の声に反応したウォルとユアンが視線を動かすと、白髪の男性がひとり地面に座り込んでいる。

「ああ、ライラお嬢さんかい」

老人は顔を上げて、力なく微笑んだ。娘と老人は顔見知りのようだ。

(ライラというのか……)

ウォルは無意識のうちに、ライラに視線を注ぐ。

「おじいさん、大丈夫?」

「ああ、なんてことないさ。ちょっと腰が痛くなったものだから、休んでたんだよ」

老人の傍らには、野菜と果物が山盛り入ったかごが置いてある。

「じゃあ、私が持つわ」

「いや、いいよ。か弱いお嬢さんには無理だよ」

「大丈夫、私、こう見えて体力には自信があるの」

ライラは笑ってみせると、かごに手をかけた。だが、かなり重かったらしく、なかなか持ち上がらない。それでもなんとか、地面からわずかに浮かせ、よろよろと歩を進めようとした。

「え……？」

急に腕が軽くなったのに驚いたのか、彼女が横を見ると、かごを軽々と担ぐウォルの姿があった。

「あの……」

ライラはウォルの意図がわからず少し首を傾《かし》げた。そんな彼女を見下ろして、ウォルは口を開いた。

「何が『体力に自信がある』だ。自分の力量も把握していないのに、いい加減なことを言って期待させるな」

「別に期待させるとか、そんなつもりじゃっ――」

「もたもたしてたら通行の邪魔だ。ついでだから持ってやる。場所はどこだ？」

少し頬を膨らませて反論しかけたライラだったが、ウォルの声に遮られた直後、目を見開く。彼の突然の申し出に驚いて、続ける言葉が出ないようだ。

「ウォル様……！　それは私が持ちますので！」

ウォルからかごを受け取ろうと、ユアンが腕を伸ばす。

「いい。俺が勝手にやっていることだ。お前はその老人に手を貸してやれ」

ユアンにそう指示すると同時に、ウォルは足を前に出しかけたが、すぐにライラのほうへ振り返った。

「早く行き先を教えろ」

「……え、ええ」

断れない空気に気圧《けお》されて、ライラは戸惑いがちに頷くと、ユアンに肩を貸されて立ち上がった老人に行き先を尋ねた。ふた言ほど言葉を交わしたあと、ウォルの顔を見る。

「お家に帰るそうよ。家には前に行ったことがあるから知ってるわ。おじいさん、もしよかったら私が道案内してもいいかしら？」

老人が頷くのを見て、ライラはウォルに視線を戻し、道の向こうを指差す。

「しばらくまっすぐよ」

「そうか」

「ありがとう。……あなた、やっぱりいい人みたい」

「ただの気まぐれだ。こんなことくらいで他人を信用して、お前は危なっかしいヤツだな」

ぶっきらぼうに答え、歩き始めたウォルの背中にライラは慌ててついていく。けなされたはずなのに、彼の言葉に温かみでも感じたのだろうか、ライラの唇は嬉しそうに弧を描いていた。

ライラに案内された場所は、大通りから少し離れた地区――小さな家がひしめき合う場所で、老人の家はそのうちの一軒だった。

台所の土間までかごを運び入れ、そのまま立ち去ろうとしたウォルとユアンは、家の主《あるじ》である老人に謝礼として、やや遅めの昼食に誘われた。だが、「気持ちはありがたいが先を急ぐので」と丁重に断った。

ふたりが台所の続きの間に入ると、そこは居間のようだった。五人の幼い子供たちに囲まれて楽しそうに笑うライラの姿が、ウォルの視界に入る。

子供たちはこの老人の孫で、息子夫婦が仕事に出ている日中、預かって面倒を見ているらしい。ライラとはすでに面識があるようで、先ほど家に訪れた時、「ライラお姉ちゃん！」と全員があっという間に彼女を取り囲み、一緒になって遊び始めた。

ライラは今、椅子に腰掛け、愛読されてきたことを窺わせる古びた絵本を子供たちに読み聞かせている。その表情は優しさと慈愛に溢《あふ》れているように感じられた。

(最初に見た時とは印象が違うな……。どんなに気の強い娘かと思ったら、路地ではこっちが呆れるくらい能天気な態度で接してきた。そして、今は母親のような温かな眼差しか……次々と表情を変える娘だ)

「お前さんたち、ライラお嬢さんのご友人かい?」

突然の横からの声にウォルはハッと我に返り、視線を動かした。老人が微笑みながら立っている。

「……いや、さっき出会ったばかりだ」

「ははは、そうかい。あのお嬢さんは誰とでも打ち解けるからね」

「別に打ち解けてはいない」

ウォルは呟いたが、老人の耳には届かなかったようだ。

「わしも最初に会った時はそうだったよ。市場で孫が泣きだして困っていた時、お嬢さんは気さくに話しかけてくれてね」

老人が機嫌よく話し始めたので、ウォルはそれ以上否定することはやめて、黙っていた。

「お嬢さんは数年前から、年に二、三回ほど、この町に訪れるようになって、面識のある住人も増えていって、孫も皆、お嬢さんに懐いていたのに……」

老人の声が次第に小さくなっていく。

「もう、これっきり会えないと知ったら、孫たちは悲しむだろうなぁ」

「会えない、とは？」

ウォルの眉が少しだけ動く。

「わしもよくわからんが、家の事情らしい。孫らには内緒でと、さっきこっそり言われたばかりだよ。この町に来るのは今日が最後だと。まあ、考えてみればお嬢さんも年頃だ。おそらく、どこかからいい縁談があったんだろうなぁ」

（縁談……）

ウォルは再びライラに視線を戻した。

美しい髪と瞳の色に、整った顔立ち。体型もスラリとしていて、容姿は申し分ない。流行のドレスに身を包み、お淑《しと》やかな立ち居振る舞いで控え目に微笑めば、それを見た男連中が彼女を妻に迎えたいと思っても、なんら不思議ではない。

（ただし、静かにしていれば、だ。じゃじゃ馬の気がある性分を知ったら、結婚相手もどうするか）

世の夫がまず妻に求めるものは、個性よりも慎ましさと従順さだろう。

（それによって、あの娘が自分らしさを失ってしまうのは、少し残念な気が……）

ふと思考を停止させる。

(残念とはなんだ。俺には関係のないことだ)

ライラから視線を外すと、ウォルは後ろに立つユアンに向けて声を投げた。

「そろそろ行くぞ」

「はい」

老人はもうそれ以上、ふたりを引き止めようとはせず、再び礼を言いながら玄関まで見送りに出てくれた。

「急いでいるところをすまなかったねぇ。でもありがとう」

「いや、たいしたことはしていない。こちらこそ水を頂戴し、喉を潤すことができた。礼を言う。……それから、子供たちは国の宝だ。どうかこれからも健全に成長してくれることを願う」

ウォルは老人に向かって軽く頭を下げ、ユアンを伴って外に出ようとした時——。

ゴンゴンゴンッ、と玄関の扉を強くノックする音が聞こえてきた。

「おや、誰かな」

老人がゆっくり開けると、年配の小柄な女性が立っていた。薄茶色の髪を後ろに束ね、質素な身なりの女性の額には、走ってきたのかうっすら汗の玉が滲《にじ》んでいる。

「おお、確かあんたは……」

「すみません、お嬢様がこちらに見えていませんか⁉」

その女性は老人を押しのけるように一歩前に出ると、扉付近に立つウォルとユアンに目もくれず、すぐに家の奥へと視線を移した。

そして居間にいるライラを発見した途端、早足でそちらのほうへ進む。

「お嬢様！　探しましたよ！　それはもう、お嬢様が行かれそうなお店や場所はくまなく！　急にいなくならないでくださいと、あれほど申し上げたでしょう⁉　日傘がお嫌なら、せめてお帽子を被ってください！」

「ごめんなさい、マッジ。すぐに戻るつもりだったのよ」

ライラは決まり悪そうに、眉尻を下げた。突然の訪問者——マッジはそんなライラの手を取り椅子から立ち上がらせると、出口まで引っ張っていく。

「もうワガママは許されませんよ。以前と違って大事な時期なんですから、ご自分の身の安全を考えてください」

「お姉ちゃん、もう行っちゃうの？」

不満げに尋ねる子供たちに、ライラは振り返りざまに微笑む。

「ごめんなさいね、帰らないといけないの。おじいさん、ありがとう」

マッジは玄関までライラを連れてくると、外套姿の背の高い男たちに初めて気がつき、「ヒッ」と表情を引きつらせた。ひとりは顔を晒《さら》しているが、もうひとりはフードを目深に被っていて、怪しいことこのうえない。

「お嬢様、まさか……私がここに来るまで、この男性たちと一緒にいたのですか……？」

「え？　ええ、そうよ。知り合ったのはついさっきだけど……」

「さっき知り合ったばかり⁉　もう、お嬢様、しっかりなさってください！　そんな身元もはっきりしない危なげな人たちと一緒にいて、何かあったらどうするんですか⁉」

「ちょ、ちょっとマッジ、失礼よ。この方は私を助けてくれて――」

すると、ライラの言葉途中で、ウォルは何も言わずに扉を開けて出ていった。ユアンも静かに従う。

「あ、待って！」

ライラはマッジの手を振りほどくと、ウォルの姿を追った。

後ろから自分を呼び止めるライラの声が聞こえてはいたが、ウォルはそのまま歩みを止めることなく、少し離れたひとつ目の角を曲がった。住宅地の道は狭く入り組んでいるが、進むべき方向は大体わかる。

だが、追いかけてくる足音が背後まで迫り、ウォルは外套の裾をグッと強く引っ張られた。仕方なしに振り返ると、肩で大きく息をし、呼吸を整えているライラがいる。

「……待って、って……言ったのに……」

「俺が待つ理由がない」

「でも、その……ごめんなさい、気を悪くさせてしまって」

ライラが身を縮めるようにして、頭を垂れた。

「なんとも思っていない。さっき家に入ってきたのは、お前のところの侍女か？」

「ええ……」

使用人を雇える財力があるということは、やはりそれなりに裕福な家の娘なのだ。侍女が『大事な時期』と言っていたのも合わせて考えると、『縁談があったのかもしれない』という老人の読みは当たっているのだろう。

「あまり下の者に心配をかけるなよ」

淡々としたウォルの口調だったが、叱っているわけではなく、どこか諭すような穏やかな響きだった。ただ、そのセリフを聞いたユアンは『どの口が言ってるんですか』と思ったが、そのまま心の中にしまっておくことにした。

「お嬢様、お待ちに……なってください」

息を切らせながら角から現れたマッジは、ライラがウォルやユアンと一緒にいるのを見るやいなや、飛ぶように駆け寄り、鋭い視線をその怪しげな男たちに向けた。

「お嬢様から離れてください！」

「マッジ、いい加減にして！　この人は私を助けてくれたいい人よ」

「何をおっしゃっているのですか⁉　冬でもなければ雨も降ってないのに、フードを被っているような人、何か理由があって顔を隠してるんでしょう⁉　絶対に怪しいに決まってます！　も……もしかしたら、お尋ね者の類いじゃ……お嬢様、逃げてください！」

「ちょっとマッジ、落ち着いて！」

散々、失礼な言葉を並べた挙句、勝手な想像で震えながらもライラを引っ張って路地を出ようとするマッジを、ユアンは鋭く睨みつけた。

「お前、言わせておけば！」

「待て、ユアン」

今にも声を荒げそうなユアンの肩を軽く押さえると、ウォルは一歩前に出た。

「すまない。不安を与えるつもりはなかった。ただ、目立ちたくなくて隠していただけだ」

「目立つ、って……やっぱり、お尋ね者⁉」

「もうマッジ、黙って！」

ライラにピシャリと言い渡されて、マッジが口をつぐむ。

主人らしい威厳もあるんだな、とライラを見ながらウォルは思い、そっとフードを外した。

その下から現れたのは、ダークブラウンの髪。それだけなら普通なのだが、ライラが即座に目を奪われたのは、ウォルが持つ美しい瞳だった。澄んだ深い海を連想させる、青みがかった神秘的な緑色――。

通った鼻筋と形のよい唇も同時に露になり、その秀麗な素顔にライラは魅入られたかのように、動けなくなってしまった。

あれほどうるさく叫んでいたマッジも雷に打たれたように直立したまま、ウォルの顔を凝視している。

「この目の色は珍しいらしい。よくも悪くも、必要以上に相手に強い印象を与えてしまう。だから、必要がない時は隠している」

ウォルはそう言うと、再びフードを被った。

しかし、ライラは顔をパッと輝かせる。

「とても素敵な瞳の色ね。隠してしまうのはもったいないけれど、事情は人それぞれだもの。ねえ、これでもう変なことは言わないでね、マッジ」

「そ、そうですね……失礼しました」

ライラの声に我に返ったマッジが、それでも渋々といった感じで頭を下げる。

「ですが、身元の明らかでない男性たちと、お嬢様を一緒にいさせるわけにはいきません。もし悪い噂《うわさ》が立ったりしたら大変です。さあ、帰りましょう」

マッジの中では、フードを被る事情が判明しただけのことで、やはりウォルは不審者の域を脱してはいないらしい。

「ええ……わかってるわ」

ライラの返答にようやくホッとした笑みを浮かべたマッジだったが、その直後、ウォルがライラの腕をつかんだのを見て、またもや一気に眉を吊り上げた。

「ちょっと、あなた何を……！」

「まだ行くな」

ウォルの声が低く響いた。ライラは驚いてウォルの顔を見つめたが、その視線は自分のほうに向けられていない。彼はその向こう――路地の入口をじっと見据えている。そこには目つきの悪い四人の男たちが、行く手を遮るようにして道の幅いっぱいに広がっていた。何が目的なのかはわからないが、動かずにじっとこちらを見ている様子は、この場所に用事があるからとは思えない。

不穏な空気を感じ取ったウォルは、出口を求めて反対の方向へ首をめぐらせた。だが、時すでに遅く、同じようにガラの悪そうな男たち五人によって塞がれている。

(囲まれたか)

このくらいの人数ならユアンとふたりだけだった場合、突破するのは容易《たやす》い。しかし、今はライラとマッジがいる。ふたりの身の安全が最優先だ。

「探したよ、お兄さん」

その中のひとりが、ようやく口を開いた。

「さっきは俺たちの仲間が世話になったなぁ」

「なんの話だ」

「とぼけるな。あんたが道の真ん中で投げ飛ばしたヤツのことだよ」

その男が言い終えると同時に、全員が一斉に隠し持っていたナイフの切っ先をウォルとユアンに向けた。ただならぬ空気に、マッジは青ざめ、「ヒクッ」と喉の奥で息をする。

ライラはというと、気丈にも侍女の肩を強く抱いて、あたりを警戒していた。

「ユアン、このふたりに危害が及ぶことがあってはならん」

「はい」

ウォルとユアンは、守るべきライラたちを背後に、ふたつの群れに向かってそれぞれ対峙《たいじ》した。そして、腰に下げていた長剣を鞘《さや》から引き抜く。

「へえ、兄さんたち、いい武器持ってるじゃねぇか。助けてやる代わりに置いていけ。売れば少しくらい金になりそうだな。身なりからして、どこにも雇ってもらえない落ちぶれた騎士ってとこか」

男のバカにしたような物言いに、その場にドッと下品な笑いが起こる。

「貴様、これ以上、我が主を愚弄《ぐろう》することは許さんぞ……！」

ユアンは自分よりも主が侮辱されたことに怒りを見せ、剣の柄を握る手に力を込めたが、当の主は冷静な態度のまま淡々と言い返した。

「そうだな、売ればそれなりに値はつくだろう。だが、あとから大勢で向かってくる小物にくれてやる道理はない」

「なんだと……！」

小物扱いされた男たちが、怒りの雄叫びをあげながら一気に斬りかかってくる。

その瞬間、ウォルとユアンの剣先が宙を走った。だが、同等の武器を持たない相手に深傷《ふかで》を負わせるつもりはなく、あくまでナイフの攻撃をかわすことに徹している。

勝敗が決するまで、時間は要しなかった。やがて金属と金属がぶつかり合う音がやみ、男たちは多少、腕や掌に傷を負ったものの、全員がナイフを弾き飛ばされた。一方のウォルとユアンは、かすり傷ひとつ負っていない。

「これで気は済《す》んだか」

男たちの動きが止まったことを確認し、ウォルは剣を鞘に収める。しかし、それを見た男たちは、武器がなくなっても今度は素手でウォルとユアンに飛びかかってきた。

それでも、ふたりは一切焦りを見せることなく、冷静に敵の動きを見切って対処していく。

相手の腕をひねり上げ、鳩尾《みぞおち》に肘を打ち込み、足元を払う。多勢に無勢であっても、状況は変化しない。地面に叩きつけられ沈んでいく人数が増えていくだけだった。

突然の乱闘に、マッジは腰が抜け、その場にへたり込んだ。ライラも一緒にしゃがみ込むと、安心させるようにマッジの身体を抱きしめる。

やがて最後の相手を片づけたウォルが、ふたりのもとにやって来て、膝をついた。

「終わったぞ。巻き込んですまなかった」

ライラは、ウォルの顔を見て安堵の笑みをこぼした。

「大丈夫よ。それに、もとはといえば私が原因だもの。それにしても、すごいわ、あなたたち！」

ふたりの軽い身のこなしと、高い戦闘能力を褒めたたえるライラとは対照的に、マッジはわなわなと唇を震わせた。

「な、何が大丈夫なものですか！　こんな恐ろしい目に遭って……！」

「でも、もう終わったわよ？」

「そういうことではありません！　この者たちから一刻も早く離れなくては、お嬢様に悪影響を及ぼします！　花嫁は身体はもちろんのこと、心も穢《けが》れてはならないのですよ！」

「まだ結婚するって決まってないわ。候補に挙がってるだけよ。それに、好感を持てない相手と一生添い遂げるくらいなら、独り身のほうがマシよ」

「またそんな恐れ多いことをおっしゃって……！」

まなじりを吊り上げて咎めるマッジを横目に、ライラはプイとそっぽを向いた。

（この娘が仲良くできないと思うくらいだから、相手の男にはよほど問題があるんだな……)

ウォルはライラの口調と態度からそう感じたが、詮索はしなかった。それよりも、自分たちも早くここを去らなければ。騒ぎを聞いた近隣住民の通報で、いつ警備隊が到着するかわからない。それは、ライラたちにとっても望む展開ではないはずだ。

「立てるか。ここを離れるぞ」

その時――。

「ウォル様!」

背後にいたユアンから発せられた叫び声に、ウォルは振り返った。先ほど倒したはずの男が、鼻から血を出しながらも執念でウォルの背後に一気に迫り、拾ったナイフを振りかざしている。

低い体勢では、すぐさま反撃に転じにくい。男も今が好機と踏んだのだろう。

(しまった、油断した……!)

その時、腰に帯びていた鞘から剣が抜き取られる振動が、ウォルに伝わった。

(なんだ……⁉)

「ウォル、動かないで!」

ライラの声と同時に、剣先がヒュンッと微かな風音をたてて、ウォルの顔すれすれを横切る。それは、男の鼻に触れる寸前のところでピタリと止まった。

「うっ……!」

突然目の前に飛び出てきた鋭利な切っ先に、男はギクリと顔を引きつらせ、動作を止めた。その隙を逃さず、ウォルは立ち上がると同時に、男の腹に強烈な蹴りを食らわせる。声をあげる間もなく、男の身体は吹っ飛び、背中から地面にのけぞった。間髪を入れずユアンが駆けてきて、男をねじ伏せる。

「あのっ、ごめんなさい……あなたの大切な剣を無断で抜いてしまって……」

後ろから躊躇いがちな声が聞こえ、ウォルは振り向いた。ライラが剣を両掌に水平に乗せ、おずおずと差し出している。

ウォルは剣の刃でライラの手が傷つかないように慎重に受け取ると、鞘に納めた。

「あなたの名前も勝手に叫んでしまったし……。それに、驚かせてしまってごめんなさい。急に目の前に剣が飛び出してきてびっくりしたでしょう……?」

「……ああ。だが、驚いたのはそこじゃない」

ウォルはじっとライラを見つめた。

「ライラといったか。剣技に心得があるようだな」

「ええと、それは――」

「さあ、お嬢様、長居は無用です。帰りますよ！」

突然割って入ったマッジによって、ライラの言葉は強制的に遮断された。そのまま腕を取られ、ライラはグイグイと引っ張られていく。二、三度ウォルのほうを振り返ったが、やがて路地を曲がって姿は見えなくなった。

路地に静寂が戻る。

「ウォル様、先ほどは申し訳ありませんでした。私の不注意で、あなた様の身に危険が及んでしまいました。どのような罰でも謹んでお受けいたします」

ユアンが腰を折り、深く頭を下げた。

「お前のせいじゃない。俺が気を抜いていたからだ。それより、俺たちも去るぞ」

ウォルは路地を抜け、大通りに出た。だが、すでにライラの姿はない。

「ユアン、さっきの娘の動きを見たか」

「はい。正直、驚きました」

ユアンは路地での光景を思い出した。ウォルの背後に男の凶刃が迫っていた時、ライラが剣を抜き、片膝を立ててまっすぐに男に向かって腕を突き出した。その刹那、ウォルの顔を掠《かす》めたのではとユアンの背に冷たい汗が流れたが、ライラの腕の動きは俊敏にして迷いがなく、剣の軸も安定していた。さらに、一瞬にして相手との距離を見極め、腕の伸びを加減して相手を傷つけることなく制止した。

昨日今日習ってできる技ではない。普段から鍛練を重ねているウォルとユアンには、それがわかった。

「あの娘、何者なのだろうな」

「さあ……」

「嫁ぎ先の男も災難だな。夫婦喧嘩《げんか》の際には血の雨が降るかもしれんぞ。だが、気位ばかり高くて気難しい女に比べれば、ああいう娘のほうが面白みがあるかもな」

「涼しい顔で物騒なこと、おっしゃらないでください。私は嫌ですよ。皇太子ともあろう方が、将来お妃に剣で追い回されているところなど、見たくもありません」

「俺がそんな軟弱な男のわけがない」

ウォルは少しだけ口角を上げた。

「今後、こうして非公式に外に出ることは難しくなるだろう。だが、最後に面白いものが見られた」

大通りの往来を抜け、やがて宿に到着すると、部屋の前で護衛の騎士がウォルを出迎えた。

「殿下、お待ちしておりました」

「遅くなった。夕刻までにジンデル領へ戻り、衛兵隊と合流する。しばし休息ののち、出立だ」

「御意」

扉の向こうに消えていくウォルことスフォルツァ帝国皇太子――ウォルフレッド・アンセル・ティオン・ハインディルクの背に向かい、ユアンと騎士は背筋を正して恭《うやうや》しく一礼した。

侯爵令嬢の憂鬱

帝都から馬車で三日あまりのところにある、自然豊かなリシュレー地方は今、一年の中で最も心地よい季節を迎えていた。

「いよいよね、フィラーナ。それにしても、本当に美しく育ったこと。皇太子殿下のお目にとまること、間違いなしだわ」

ここを領地とするエヴェレット侯爵の広大な屋敷の一角からは、バートリー伯爵夫人の上機嫌な声が聞こえてくる。

「伯母様。そんなに期待されると、気が重いです」

応接室で伯爵夫人の向かいに座し、柔らかく微笑むのは、淡い黄色の上品なドレスに身を包んだエヴェレット侯爵家の長女、十七歳のフィラーナ・エヴェレット。

「もっと自信をお持ちなさい、フィラーナ。あなたほど美しい令嬢はいません」

「でも、伯母様。花嫁候補は私のほかにもいるのでしょう？　それも、名だたる家のご令嬢ばかりで。私みたいな田舎育ちの女、きっと皇太子様に振り向かれることなく、ここに帰ってくることになると思います」

「いいえ、そんなことはないわ。いつも言っているように、謙遜も大事だけれど主張しないのもよくないのよ。あなたは堂々と振る舞っていればいいの。それに、家庭教師の話によると、外国語も教養も礼儀作法も、申し分ないというじゃないの。本当に素敵なレディに成長して、天国のお母様も喜んでいらっしゃるわ」

意気込む伯爵夫人に対し、フィラーナは困ったような笑みをこぼす。伯爵夫人は父の姉で、幼い頃に母を亡くしたフィラーナをずっと気にかけてくれていた。本当の娘のように可愛がってくれた伯母が自分に期待する気持ちはわかっているが、フィラーナは自分が妃に選ばれるなど微塵も考えていない。しかし、少しでも後ろ向きな発言をしようものなら、夫人から自信を持つように諭され、しかもそれが延々と続くので、最近は相槌を打って流すようにしている。

「そうですね、できるだけ頑張ってみます」

フィラーナの微笑みに伯爵夫人はようやく安堵の息をつき、紅茶の入ったカップに口をつけた。

（私なんかがお妃に選ばれたら、春なのに空から雪が……いいえ、槍《やり》が降ってくるかもしれないわ）

フィラーナは本気でそう思っているが、上機嫌な伯母を前にして言えるはずもなく、微かにため息をこぼしながら窓の外の景色へ視線を移した。

父親のエヴェレット侯爵は穏やかな性格で、帝都よりも領地での静かな生活を好んだので、フィラーナも緑豊かなこの地でのびのびと育った。もちろん、いずれそれなりの身分の男性のもとへ嫁ぐことは侯爵家に生を受けた女の定めであるので、どこに出ても恥ずかしくないよう、幼少期からきちんとした淑女教育は受けてきている。しかし、男女の駆け引きになど興味のないフィラーナは、同じ年頃の令嬢に比べて結婚願望が希薄で、それをわかっているのか、エヴェレット侯爵も娘にこれまで縁談を無理強いしたことはなかった。

そんなフィラーナに王宮から、皇太子妃候補に選ばれた旨の通達が届いたのは、今から約一ヵ月前のこと。二十四歳の皇太子はいまだに独り身を通し、当然ながら跡継ぎはいない。国の未来を危惧した皇帝の御名のもと、国中から相応《ふさわ》しい娘が集められるという。さすがに君命には逆らえるはずもなく、フィラーナは不本意ながらもこの運命を受け入れるしかなかった。

(皇太子殿下がとても優れた方だというのは、わかっているけど……)

その次期統治者としての素質と能力の高さを、この国で知らない者はいない。二年前から体調を崩しがちになった父である皇帝陛下の補佐につき、若いながらも政治的手腕を発揮する一方、国内の情勢を把握するため、各地を視察し、見聞を広めているという。さらに、皇帝が病床に伏したという好機に乗じて隣国軍が北の国境を脅かした際には、自ら前線に立つことで自軍の士気を上げ、見事追い返した。

それだけ聞くと、非の打ちどころのない人物なのだが、皇太子には以前から囁かれている噂がある。

——皇太子は女に興味がない。

実は、皇太子の妃候補を募るのは、今回が初めてではなく三回目なのだ。皇太子はこれまで王宮に出向いてきたどの令嬢にも目もくれず、それどころか存在を否定するかのように冷たい態度を示す。皇太子妃の座を射止めたいと意気込み、実家の期待を一身に背負ってやって来た候補者たちだが、いずれもプライドを傷つけられ、持久戦に持ち込んでも状況は変わらないことを悟り、それぞれ意気消沈して家に帰っていったという。

そこで、貴族の女性たちの間でつけられたあだ名が『氷の皇太子』。嘘か真かわからないが、そんな相手にお目通りしに王宮へ行かなければならないとあって、フィラーナの心に落ちる憂鬱の影は色濃くなるばかりだった。

（はぁ……今日も疲れた……）

夕食後、自室に戻ったフィラーナはソファの上に崩れ落ちると、そっと瞳を閉じた。

王宮から知らせが届いて以降、彼女の日常は一変してしまった。エヴェレット侯爵は、フィラーナの花嫁修業を母親代わりであるバートリー伯爵夫人に一任。その結果、夫人は早速優秀な家庭教師を各分野から呼び寄せ、連日のようにフィラーナのレッスンに朝から夕までつき添った。

これまで当たり前だった自由は制限され、不用な外出も禁止された。――領地を守る騎士団の練習場にこっそり通い、母方の従兄弟《いとこ》で八歳年上のクリストファーから剣術を教わることも。

（やっぱり三週間前の港町が最後の外出になってしまったわ……）

港町の情景がはっきりと思い出される。きらめく青い海、爽やかな潮風の香り、活気溢れる街並み。

そして、自分を助けてくれた、神秘的な緑の瞳をした青年。

あの日、これで最後にするから、と伯母を説得して、私用で港町に出かける父親に同行した。お目つけ役の侍女を必ず伴うという、伯母の条件つきで。

もちろん、『ライラ』というのはフィラーナの偽名である。自分が侯爵家の令嬢だと周囲に知られると何かと不都合が生じるので、あの町に訪れる際はいつも、その名前で通していた。

（ウォル……だったわよね。今、どこで何をしてるのかしら。やっぱり旅に出ているのかしら。あれほどの腕があれば、どこに仕官しても充分やっていけると思うわ）

フィラーナは小さく息を吐く。

（私がもし男に生まれていたら、あんな風に強くなりたかった。そうしたら、少しはお兄様の力になれたのに……）

その時、扉をノックする音が耳に届き、反射的にフィラーナは勢いよく上体を起こした。もし伯爵夫人だったら、だらけた様子のフィラーナを見て、説教を始めるかもしれない。

しかし、部屋に入ってきたのは、彼女と同じ蜂蜜色の髪と茶色の瞳を持つ、ひとりの青年だった。口元には穏やかな微笑みをたたえている。

「お兄様」

「フィラーナ。まだ起きてた？」

「ええ。どうぞ入って」

フィラーナは立ち上がると、五歳上の兄、ハウエルにソファをすすめた。

「髪が少し乱れているよ。もしかして、そこで寝転がってた？」

ハウエルがフィラーナの髪に手を伸ばした。フィラーナの口元が綻ぶ。昔から変わらない優しい兄の手は、いつも温かい。ふたりは並んでソファに腰掛けた。

「いよいよ一週間後だね、帝都へ発《た》つのは」

「ええ。でもすぐここに戻ってくることになるわ。私がお妃だなんて、想像しただけでおかしいもの。お転婆だし、跳ねっ返りだし」

「そうだね。お前は小さい頃から、家でおとなしくしているより、外に出たがる女の子だったね。剣術もいつの間にか上達していて驚いたよ」

ハウエルが昔を懐かしんで笑うと、つられてフィラーナの顔にも微笑みが広がる。

「でも、意外と皇太子殿下はフィラーナのような女性がお好みかもしれないよ。これまでどんな令嬢にも心動かされなかった御仁だからね」

ハウエルの発言に、フィラーナは徐々に笑みを消し、うつむいた。

「……もし、そうなったら、ここには戻れないわ。そんなの嫌」

万が一、皇太子がフィラーナを望めば、一介の貴族に拒否権はない。貴族間の婚姻とは違い、里帰りも難しくなるのは明白だ。

「ごめん、そういう意味で言ったんじゃないんだ」

ハウエルは妹の手の上に、自分の手を優しく重ね合わせた。

「お前がこの地と家を愛してるのは知っている。僕のために剣術を習っていたことも」

「お兄様……」

フィラーナが顔を上げると、ハウエルの優しい瞳がじっとこちらを見つめている。

ハウエルは少年だった時期に落馬事故に遭った。一時は命も危ぶまれたが奇跡的に回復。しかし現在は、歩くなどといった日常生活に支障はないものの、走ることは難しい。

「僕なら大丈夫だよ。父上もまだご健在だし、何かあったらクリストファーと仲間の騎士たちが駆けつけて守ってくれる。そんなに憂鬱にならないで。これは、めったにないチャンスだと思えばいい」

「チャンスって、妃に選ばれるかもしれないっていう？　だから、私はそんなの望んでないのよ」

「違う。王宮にとどまれる機会なんて、なかなかない。小さい頃、よく言っていただろう？　外の世界を見てみたい、って」

「ええ……小さい頃は、それが可能だと信じていたわ」

しかし、歳月が流れ、自分の立場を認識するようになってから、それはただの夢にすぎないのだと理解するようになった。いずれ、自分は釣り合いの取れる家柄の男性のもとへ嫁ぐ。ならばせめて近くの領地を治める貴族と結婚し、時々この家を訪れて父や兄を支えたい。それが、いつしかフィラーナのささやかな夢になっていた。

ハウエルは瞳に優しさを灯して、フィラーナの暗い顔を覗き込んだ。

「次期皇帝になられるのがどういう方か、自分が暮らす国の未来を任せるに足る人物かどうか、お前の目で確かめてくるといい。それに、たとえお妃になれなくても、きっと帝都で学んだり、得たりするものはあると思う。遠くにいても、僕はお前の進む道が明るく照らされることを祈っているよ」

優しく言いおいて、ハウエルは退室した。ひとりになったフィラーナは、バルコニーに続くガラス扉をわずかに開く。春の夜風はまだ冷たさを含んでいるが、フィラーナの心を落ち着かせてくれた。

(外の世界を見るチャンス……。確かにお兄様の言う通りかもしれない)

どうせ行くのなら無理やりにではなく、自分の意志で赴くのだ——そう思いたい。

フィラーナは、ガラス扉を開け放った。そしてバルコニーの中央に立ち、頭上を覆う満天の星へと顔を向ける。

雲ひとつない美しい濃紺の夜空が、いつにも増して澄んでいるように見えた。

噂の氷の皇太子

フィラーナが生きてきた十七年の記憶の中で最も大きくて栄えている場所といえば、間違いなく港町ホーグだった。しかし、帝都の光景を目の当たりにした今、それは確実に覆された。

帝都レアンヴールへ向け、故郷を出発して三日目の午後。

馬車の窓の外を流れる単調な草原と田園風景にも少々飽きてしまい、フィラーナは座ったままいつしかウトウトと浅い眠りに落ちていた。しかし、身体に伝わる車輪の振動が先ほどまでとは違って、ずいぶん滑らかになったことに気づき、眠い目をこすりながら何げなくカーテンを開けた。

そして、息を呑《の》む。

自分を乗せた馬車が、商店が建ち並ぶ大通りをゆっくりと進んでいる。石畳の歩道を行き交う人々の数も多く、何かの祭りでもあるのではと思わせるほど、そこは活気に溢れていた。

（いつの間にか帝都に着いたんだわ……！）

視線を上げれば、街の中心部にある小高い丘に、石造りの荘厳な王宮が見える。白く光る七つの尖塔が美しい。

（あれが王宮……なんて立派なの……！）

フィラーナは初めて見る王宮に興奮し、淑女教育を受けた年相応の令嬢であることも忘れて、幼子のように窓に手だけではなく額もくっつけて、無心に帝都の情景に見入った。世話係として実家から伴ってきた年配の侍女が、向かいに座したまま少し苦い表情をしてコホン、と小さく咳払いしたが、フィラーナの耳には届かない。

（あんなに帝都行きが億劫だったのに、来てよかったと思ってしまうのって、虫がよすぎるかしら）

口元に笑みを浮かべながら街並みを眺めるうちに、馬車は緩やかな坂を登っていき、城下町が少しずつ遠のいていく。

そして、鉄門の前で馬車は一旦止まったが、御者と門兵のやり取りののち、門が開いて再びゆっくりと車輪が回りだす。

そのまま中へ続く道を抜けると、王宮の入口にピタリと馬車が寄せられた。王宮の内部情報などが不用意に外に漏れることを避けるため、入城が許可されているのは該当する候補者のみ。したがって、護衛と世話係として実家からつき添ってくれていた使用人たちとは、ここでお別れだ。

入口を守る衛兵が声高らかにフィラーナの到着を周囲に伝える。フィラーナが緊張した面持ちで外に出ると、衛兵と侍従と侍女が合わせて五十人ほど、整列して彼女を出迎えた。侍従長と女官長が折り目正しく挨拶をし、フィラーナも先ほどまでの興奮した子供のような態度を封印して、優雅にドレスをつまんでお辞儀をした。

女官長によって案内されたのは、皇族の居城部分ではなかった。美しい庭を眺めることのできる回廊を進んだ先にある、離宮のような建物で、その二階の南東側の部屋がフィラーナにあてられた。

離宮といえども、部屋の広さはひとりでは充分すぎるほどで、陽当たりも風通しも良好だ。調度品は派手ではないが、落ち着いた高級なものばかり。皇太子の妃選びが終わるまで、ここに滞在することになる。

隣の衣装部屋で先に運び込まれていた荷物を片づけているのは、茶色の髪を後頭部できっちりとまとめたメリッサという名前の二十歳ほどの侍女で、『今日からご滞在の間、フィラーナ様の身の回りの世話をする者です』と先刻、女官長から紹介を受けた。年齢も近いためか、メリッサの明るい笑顔にフィラーナはすぐに好感を抱いた。

「さすがは高名なエヴェレット侯爵家のお持ち物ですわ。どれも素敵なドレスばかりで目移りしてしまいます。間もなく皇太子殿下と謁見される時間になりますけど……こちらのピンクのドレスはいかがですか？　フィラーナ様の美しい髪色によく映えると思います」

メリッサがドレスを抱え、フィラーナのもとにやって来た。

「ええ、メリッサに任せるわ」

フィラーナは優しく微笑む。本当はもっと目立たない色みのドレスもあるのだが、初仕事に張り切るメリッサの気持ちを無下にはできない。

それに、以前より皇太子に対面する憂鬱な気持ちは少なくなっていた。

今回集められた妃候補は八人。初回はもっと多かったと推測できるが、回を追うごとに減っていき、この人数となったのだろう。皇太子の悪い噂を耳にして、今回、慌てて娘の婚約者をほかで探し、王宮からの通達を回避した貴族もいるかもしれない。

人数の少なさに落胆しかけたフィラーナだったが、メリッサにほかの候補者について尋ねると、容姿も美しく気品に溢れた令嬢もいるようで、フィラーナはなんとなくホッとした。

（その方々に頑張っていただいて、殿下の心を動かしてもらおう。やっぱり、私みたいなやる気のない者がいたら、申し訳ないもの。じゃあやっぱり、目立たない色のドレスがいいかしら……。でも、皆さん、明るい衣装だったら逆に悪目立ちしてしまうかも……）

迷っているところで「謁見の時間です」との知らせが入り、フィラーナはメリッサによって慌ただしくピンクのドレスに着替えさせられたのだった。

着替えのついでに髪も少し直し、謁見の知らせを持ってきたのとは違う女官の案内で王宮の本館へ向かう。謁見の間へ通されるかと思いきや、それより手前にある小さな広間で待つようにと扉が開かれた。全員揃うための控え室であるらしい。

中に入ると、今回の候補者であろう令嬢が六人、すでにソファに腰掛けながら楽しそうに談笑している。皆、フィラーナの入室には気づいていない様子で、互いの家柄や着ているドレスを褒めたたえ合っている。

全員、フィラーナと年の頃は同じように見える中、ひときわ目を引くのは、襟の大きく開いた派手な赤いドレスを身に纏い、ブロンドの髪を優雅に結った美しい顔立ちの令嬢だ。その全身から溢れ出る自信は隠しようがなく、よく見ていると彼女を中心に話が弾んでいるようだ。

（皆さん、すでに打ち解けている様子ね。ライバル同士、もっとギスギスしてるのかと思ったけど……。確か、候補者は全部で八人のはずよね。あとのひとりは、まだ到着していないのかしら?)

何げなく視線を少し離れた壁際に移すと、こちらを背にして窓辺に佇《たたず》んでいる、ひとりの令嬢の姿を視界に捉えた。

まっすぐな長い黒髪を藍色のリボンで飾り、やや地味とも取れる同色のドレス。明るい色で着飾ったほかの候補者と異なった雰囲気で、輪の中に入ってこない。

フィラーナは少し気になって、静かに近づいた。

「立っていると疲れませんか? よかったら一緒に座りましょう」

「え……?」

突然後ろから聞こえてきた声に、黒髪の令嬢はハッと振り向いた。茶色の大きな瞳が驚きで揺れている。華やかさはないが、色白で目鼻立ちも整っていて、清楚な印象の女性だ。

「いえ、その、私は……」

その令嬢はなぜか、やや目を伏せて口ごもる。

「あ、ごめんなさい、急に話しかけたりして」

その様子を見て、もしかして迷惑だったのかもしれない、とフィラーナは自分の弁放な性格を反省する。そんなふたりの会話に気づいたブロンドの令嬢がスッと立ち上がり、優雅な笑みを保ちながらゆっくりと歩み寄ってきた。

「おふたりとも、こっちにいらっしゃいな。ライバルとはいえ、ここで会ったのも何かのご縁ですわ。滞在中は仲良くしたいと思っておりますの。私はミラベル・アルバーティよ」

アルバーティ伯爵家はここ十数年で領地改革を成し遂げ、莫大《ばくだい》な収益を誇るようになった、今では帝国屈指の富豪貴族である。ミラベルの瞳に挑戦的な光が一瞬だけ垣間見えたことにフィラーナは気づいたが、意に介せず微笑み返す。

「私はフィラーナ・エヴェレットです」

「……私は、ルイーズ・コーマック……」

黒髪の令嬢が小声で名乗ったところで、「あら」とミラベルが口元を手で押さえた。

「やっぱり、ルイーズだったのね。この場に相応しくない人によく似てたから、まさかとは思っていたけど」

ルイーズの表情が一瞬強張る。以前から知り合いのようだが、ミラベルがその笑顔とは裏腹な、明らかに毒を含んだ言葉を投げかけるあたり、ふたりの間にはなんらかの確執がありそうだ。ルイーズは困惑しながらも、硬い表情のまま少し微笑んだ。

「……お久しぶりね、ミラベル」

「覚えていてくれたのなら、声をかけてくれたらよかったのに。それにしても、今日も素敵なお召し物ね。何年前のデザインかしら」

「こ、これはお母様から譲り受けたドレスで――」

「あらまあ、これから皇太子殿下に初対面なのに、わざと地味にしてくるなんて、よほど内面に自信がおありなのね。お手柔らかに願いたいわ」

ミラベルは、そちらの家の事情など聞く耳持たないと言わんばかりに、わざとルイーズの言葉を遮り、目を細めて嗤いた。ルイーズはというと、反論することなく唇を噛《か》みしめ、耐えるようにじっと床に視線を落としている。

「まあ、さすがミラベルさん！」

陰湿な空気を吹き飛ばすように、朗らかな声をあげたのはフィラーナだった。

ルイーズとミラベルも驚いて、フィラーナへと視線を動かす。

「ルイーズさんのドレスの刺繍《ししゅう》にお気づきになるなんて」

「……刺繍？」

ミラベルは訝しげに少し首を傾ける。

「ええ。さっき、ルイーズさんにおっしゃっていたでしょう、ほら『素敵なお召し物』って」

「え……?」

「ね、こちらの袖回りと裾全体に細やかな刺繍が」

ミラベルは改めてルイーズのドレスを見た。確かに、その部分に白い繊細な刺繍が施されている。

「職人が何ヵ月もかけて心を込めて作り上げた、この世にふたつとない、とても高価な品だと思いますわ。それがすぐにおわかりになるなんて。私、全然気づきませんでした」

「何言ってるの、こんな刺繍にそんな価値あるわけ——」

「それに、このような伝統的なデザインは、古いものほど価値が上がるのでしょう? だから、何年前のものかとお聞きになったんですね?」

「は……?」

もちろん、フィラーナはミラベルの言葉に悪意が含まれていると気づいている。しかしミラベルはそんなフィラーナの思惑などに気づかず、その能天気な反応にただ呆れたというような表情で、小さく口を開いた。どうやら、嫌味のひとつでも言おうとしたらしい。が、ソファに腰掛けた令嬢らが、自分たちの様子を窺っているのに気づき、取り繕うような微笑みを浮かべた。

「ええ、まあ、そうよ」

優雅にドレスの裾を翻し、ミラベルが座っていた位置に戻ろうとした時、女官が入ってきて謁見の間への案内を告げた。座っていた令嬢たちはおもむろに立ち上がると、自然とミラベルを先頭に部屋を出ていく。フィラーナとルイーズも、その集団に続いた。

先ほどは、ミラベルに言われるがまま暗い顔をしているルイーズを、なんだか放っておけず、フィラーナはついしゃしゃり出てしまった。かといって、彼女を庇《かば》ってミラベルを非難すれば、余計な火種を生みかねない。自分は結構だが、ルイーズへの風当たりはさらに強くなっていただろう。

（喧嘩目的で集まってるんじゃないもの。ああするしかなかったわよね）

しかし、ルイーズのドレスの刺繍が見事だと思ったのはフィラーナの本心だ。それに、競うように着飾ったほかの令嬢たちとは違って、母親から受け継いだ慎ましくも上品なドレスに身を包んだ彼女に、フィラーナはさらに好感を持ったのだった。

窓からの陽の光がたっぷりと降り注ぐ廊下を静かに進むと、重厚な両開きの木製扉が現れた。

（ここが謁見の間……）

妃選びに全くと言っていいほど興味のないフィラーナでさえ、さすがにこの時ばかりは全身に緊張が走るのを感じた。生まれて初めて、自国の最高位にある皇族の人間に会うのだ。

ゆっくりと扉が開かれ、明るく広い空間がフィラーナの視界に飛び込んできた。上流貴族の舞踏会場である大広間など遠く及ばない広さ、大きさに圧倒され、まっすぐ中に伸びた深紅の絨毯《じゅうたん》の上をそろそろと歩く。等間隔に並ぶ八本の壮麗な柱が高い天井を支え、上部に設けられた色彩豊かなステンドグラスからは、柔らかい光が落ちていた。

そんな空間でひときわ存在感を放っているのが、一段高いところに鎮座する金色に輝く美しい玉座だ。背後には、帝国の紋章である翼を持つ獅子のタペストリーが掲げられている。

だが、皇太子の姿はまだそこにない。侍従たちが壁際に整列して立っているだけだ。

その中から、やや長めの褐色の髪をきちんと後ろに流した男性がフィラーナたちの前に歩み出てきた。三十歳ほどだろうか。眼鏡をかけ、上級文官の証である深緑の上衣に身を包み、知的な面差しに柔和な微笑みをたたえている。彼は、礼儀正しくフィラーナたちに一礼した。

「急な通達にもかかわらず、王宮まで足を運んでいただきましたこと、感謝申し上げます。私は皇太子殿下の近侍兼執務補佐官を務めております、レドリー・バルフォアと申します。このたび、皇太子殿下のお妃選考においても補佐を務めさせていただきます」

「それより、皇太子様はどちらに？」

ミラベルが不満そうな声をあげる。

「殿下は政務がお忙しく、もう間もなく見えられる予定です。しばらくお待ちください――」

その時、玉座の横にある扉が音をたてて開き、レドリーの言葉は中断された。

姿を現したのは、ダークブラウンの髪と緑の瞳を持つ、二十代半ばほどの若い男性だった。身に纏う金糸刺繍の映える上質な濃紺の上衣にはいくつもの勲章がきらめいている。かなり高い地位に身を置く人物であることは一目瞭然だ。令嬢たちの視線がその若者に一気に集中する。

彼は、フィラーナたちを一瞥《いちべつ》すると、堂々とした足取りでレドリーの近くへと歩を進めた。

長身で、衣服の上からでも無駄のない引きしまった体格とわかる。端正な顔立ちの気品漂う美男子だが、その表情は硬く、全身から近寄りがたい雰囲気を醸し出している。その後ろには、近衛騎士団の黒い騎士服を着た若者が三人、つき従っていた。

レドリーは安堵の表情を浮かべると恭しく一礼し、胸に手を当てたまま大理石の床に片膝をつく。それは皇族に対してとられる臣下の礼であり、この場に現れたのが皇太子にほかならないことを示していた。

皇太子は王宮主催の夜会などにもめったに姿を現さないことから、今回の令嬢の誰ひとりとしてその姿を見た者はいない。だが、ミラベルはいち早く男の正体を察知すると静かにドレスを摘んで膝を折り、深く頭を垂れる。緊張をはらんだ空気の波は瞬時に周囲に伝わり、ほかの令嬢も次々とミラベルに続いた。

唯一、フィラーナだけが全身に強固な鋼が入ってしまったかのように、微動だにしない。

(……え、ウォル……?　なんでここに……?)

彼が何者かと理解する前に、こんな場所で再会したことのほうに驚き、大きな目をさらに開いて前方の青年をまじまじと見つめてしまう。

（でも……）

フィラーナは小さな違和感を覚えた。

髪や顔立ちはウォルによく似ているが、港町で会った時とは、まるで雰囲気が違う。以前のような旅装ではないので、印象が異なるのは当然だ。だが、あの時のウォルは、ぶっきらぼうな物言いの中にも、内面の温かさが少しは感じ取れた。それに対して、目の前の人物が纏う空気からは、ひとかけらの温もりもないように思える。

（……別人かしら）

会ったのはたった一度だけ、しかも短時間。ウォルの顔立ちの細かな部分まで逐一覚えているわけではなく、フィラーナも徐々に自分の記憶に自信がなくなってきた。

すると、ゆっくりと立ち上がったレドリーが突っ立ったままのフィラーナに気づき、柔和な表情を保ちつつ、やや鋭い視線を送ってきた。

「そちらのご令嬢。皇太子殿下の御前ですよ」

「も、申し訳ありません……‼」

フィラーナも遅ればせながら慌てて体勢を低くし、そのままうつむく。

（この人が皇太子殿下……。じゃあ、なおさらウォルとは別人よ。彼は旅をしてる人だもの。それより、とても失礼な態度を取ってしまったわ……！　どうか、お咎めがありませんように！）

王宮での平穏無事な暮らしと早期の帰郷を願うフィラーナがじっと身を縮めていると、コツコツと靴音が近づいてきて、手前で静かに止まった。

「私がスフォルツァ帝国皇太子、ウォルフレッド・アンセル・ティオン・ハインディルクである」

威厳に満ちた若い声が、謁見の間全体に響き渡る。

「王宮に呼び出されたそなたたちには申し訳なく思うが、この件は陛下のお考えに基づくものであって、私は一切関与しないことを伝えておく。陛下のご体調が回復されたのち、陛下がお決めになるだろう。だが、私は妃を必要としていない。どうしても妃を迎えねばならない場合は、形式だけのただのお飾り妃として、だ」

皇太子は、このうちの誰かが自身の妃となるというのに、彼女たちの顔を上げさせることもせず、冷たい声でそう言い放った。

（いきなり、こんなことを言うなんて……やっぱり噂は本当だったんだわ）

想定内だったフィラーナは全くショックも受けず、床を見つめたまま嘆息する。

『氷の皇太子』などと密かに囁かれているのは、この発言が主な原因ではあるが、彼が醸し出す冷たい空気も手伝ってのことだろう。

「そのような無意味な地位に見苦しくもしがみつき、周囲の笑い者になりたい者は残るがいい。しかし、王宮にとどまり無駄な時間を過ごすくらいなら、一日も早く帰って別の相手を探したほうが、そなたたちのためだ」

皇太子の一方的な宣言が終わると同時に、靴音が再びあたりに響き、次第に遠ざかっていく。

フィラーナがそっと顔を上げた時には、皇太子の姿はその場から消えていて、彼に従っていた騎士たちが退出していくところだった。

その中のひとり——褐色の髪をした若者には見覚えがあった。

(あの人……港町でウォルと一緒にいた人に似てるわ。確か、ユアンって呼ばれてたわね。こんなところで似た人にふたりも同時に会うなんて、偶然でもびっくりね)

彼らが消えていった玉座横の扉をじっと見つめる。

(あの時も今みたいにつき従うような感じだったし、旅仲間というより主人と家来みたいで——)

そう思ったところで、フィラーナは心に引っかかるものを感じた。

(似てる人がふたりも同じ場所に、しかも同時に存在するなんて、こんな不思議なこと、本当にただの偶然だと言えるのかしら……）

フィラーナは、これまであまり気にとめていなかった皇太子の名前が『ウォルフレッド』だということを、漠然と思い出した。

（ちょっと待って……）

『ウォル』とは皇太子の本名を縮めただけの呼称だとしたら。そして、『皇太子は国内の情勢を把握するため各地を視察している』といわれている通り、あの日、騎士のひとりを伴い、旅人に扮してたまたま港町に来ていたのだとしたら。

（ま、まさか、ウォルと皇太子様は……同一人物なの……!?）

先ほどの皇太子が放った冷たい言葉には全く動じなかったフィラーナも、さすがに強い衝撃を受けた。だが確証はなく、あくまで可能性の話である。

（そ、そんなはずはないわ、皇太子殿下は私のほうを見ても表情を変えなかった。それはそうよね、私に見覚えがないからよ）

そう自分に言い聞かせて落ち着こうと試みたものの、胸中に生じた動揺はそう容易に消せるものではない。

（……でも、もしそうだとしたら……どうしよう。私……あの時とんでもなく、失礼をはるかに超えて、馴れ馴れしく接してしまったわ……!!）

自分の行動を振り返り、フィラーナの顔が徐々に青ざめていく。

(それに勝手に皇太子殿下の剣まで抜いて、挙句、顔の横に突き出して……。それがもし少しでもずれてしまっていたら……殿下のお顔に傷が……‼)

そうなっていたら、ただちに捕縛され、問答無用で裁判にかけられることなく処刑されていただろう。

あの時は、幸運の女神が気まぐれにフィラーナに味方し、たまたま怪我《けが》をさせなかっただけにすぎない。しかし、もし本当にウォルが皇太子であった場合、彼への接し方は明らかに不敬罪に当たるのでは、と不安が次第に込み上げてきた。

自分個人が処罰を受けるならまだしも、それが父や兄にまで波及し、エヴェレット侯爵家の名を地に落とすような事態は、絶対に避けなければならない。

「……ナ、さん。フィラーナさん」

「え……?」

何度も自分を呼ぶ声にハッとして横に視線を向けると、ルイーズが眉尻を下げて心配そうに見つめている。

「どうかなさいました? お顔の色が優れないみたいですけど……」

「あ……はい……大丈夫です」

悪いほうへと向かっていた思考が思わず表情に出てしまっていたのだろう。フィラーナは取り繕うように微笑んだが、すかさずミラベルがルイーズの背後から声をかける。

「もう、ルイーズったら。そっとしておいてあげなさいな。肝心な初の謁見でしくじってしまったんですもの。印象が悪くなってしまったと落ち込むのも無理ないわ。緊張しすぎていたのね」

労るような優しい口調とは裏腹に、ミラベルは同情と優越感から成る微笑をフィラーナに向ける。

「案外、皇太子殿下も気にとめていらっしゃらないかもしれないし、深く考えないほうがいいわよ。それより――」

ミラベルは踵を返すと、レドリーに詰め寄った。

「陛下はいつ妃をお決めになるの⁉　殿下はお選びにならないんでしょう？　だったら陛下にお取り次ぎ願ったほうが早いんじゃなくって⁉」

ミラベルに賛同するように、令嬢たちも一斉に頷く。

「まあ、落ち着いてください。殿下はそうおっしゃいましたが、陛下は『婚姻は双方の相性によるもので、皇帝はあくまでそれを承認するのみ』とのお考えでして、つまり、殿下に一任されております」

「何言ってるの？　でも、殿下にはそのおつもりはないんでしょう⁉」

「でしたら、ここでご辞退なさいますか？」

「それはっ……」

　レドリーの声が静かに響き、ミラベルは思わず言葉を呑み込んだ。

「先ほど殿下はそうおっしゃいましたが、皆様次第で、お気持ちに変化が生じるかもしれません。この選考に期限はありませんが、もしご辞退を希望されるようでしたら、いつでもおっしゃってください。殿下から帰郷を命じられた場合も、速やかに従っていただきます。また、特別な理由なく離宮と周辺の庭園から出ることは禁止されておりますので、そのおつもりで」

　レドリーは事務的にそう述べると、再び丁寧に頭を下げて謁見の間から退出した。

　フィラーナを含む八人の令嬢も、迎えに来た侍女とともに、それぞれの自室へと戻っていく。

　難攻不落の皇太子をいかに攻略するか、七人は思案しているだろう。しかし、残るひとり、フィラーナの頭の中だけは皇太子攻略ではなく、その逆——皇太子をいかに回避するかでいっぱいだった。

（ウォルが皇太子殿下だという可能性が高い今は、下手に動かないほうがいいわよね……。いきなり帰郷を願い出ても、正直に理由なんて言って、もし本当に本人だった場合そのほうが問題になるわ。目立たないようある程度日数が経ってから、やっぱり自分には続けていく自信がない、とお断りするのが妥当ね。……それまでには、誰かに決まるかもしれないし）

自室のソファに座ったままフィラーナは当面の対策としてそう結論づけると、メリッサの淹れてくれた紅茶に手を伸ばし、ようやくひと息ついたのだった。


「何も、毎回あのようなことをおっしゃらなくても」

窓から少しずつ夕刻の陽が差し込み始め、柔らかな光が皇太子の執務室の中を照らしている。ウォルフレッドから本日最後の裁可書類を受け取ったところで、レドリーがおもむろに口を開いた。

「皆様、恐縮されて……いえ、呆気に取られていたんじゃないでしょうか」

「何度諫《いさ》められても、俺の気は変わらない」

ウォルフレッドは素っ気なく答えると、執務机に向かっていた体勢を少し崩し、椅子の背に身体を預けた。そのまま腕を組み、机の一点を見つめながら、おもむろに口を開く。

「今日集められた令嬢のことで、聞きたいことがある」

「はい、なんなりと」

レドリーは、やっと殿下が妃候補に興味を持たれたかと言わんばかりに、満面の笑みで答える。

しかし、ウォルフレッドはその思惑を否定するかのように鋭い視線でレドリーを射抜くと、あからさまに大きくため息をついた。

「すでに別のところで縁談が決まっていたのに、なんらかの理由で破談になった娘は含まれていたか」

「いえ、そのようなご令嬢はいらっしゃいません。どこからも縁談の話がないことを確認のうえ、選ばれた方々でございます」

レドリーはウォルフレッドの質問の真意がわからないながらも、そう断言した。

「あの娘……蜂蜜色の髪をした者の名は？」

「ああ、最後まで立ち尽くしていらした方ですね。リシュレー地方の領主、エヴェレット侯爵家のご長女、フィラーナ様でございます」

「……フィラーナ、か。エヴェレット侯爵家では剣技を習うことも淑女のたしなみとして奨励されているのか？」

「と、おっしゃいますと？」

「……なんでもない。もう下がれ」

レドリーを下がらせたあとも、ウォルフレッドは腕組みを解かず、考え込むように目を閉じた。港町で出会った快活な少女と、今日謁見の間にいた淑やかそうな令嬢の姿がきっちりと重なり合う。

（ライラではないのか……？）

いや、雰囲気は違うが、どう見ても同一人物だ。父に代わって政治に携わるようになったからなのか、自然と観察眼は身についた。おそらく『ライラ』というのは偽名であろうと推測できるが、それについてフィラーナを咎めるつもりはない。

きちんと名乗られたわけではなく、あくまで『ライラ』と呼んでいたのは周囲の人間だ。侍女も一貫して『お嬢様』と呼んでいて、一度も彼女の本名を口にしてはいなかった。

（ただ者ではないと思っていたが、まさか侯爵家の娘だったとは……。向こうもこっちをじっと見つめてきたから、おそらく俺のことは気づいているはずだ）

もう二度と会うことはないと思っていただけに、突然の再会は衝撃的だった。あまりの驚きで、表情が固まってしまったほどだ。

仮にどこかで再会する可能性があるとしても、妃候補のひとりとして王宮に現れるなど、まさに青天の霹靂《へきれき》だった。

港町での侍女との会話の内容から、フィラーナにはすでに決まった相手がいるというのはわかっていた。だから、ウォルフレッドはレドリーに尋ねたのである。『すでに縁談が決まっていたのに、なんらかの理由で破談になった娘は含まれていたか』と。

しかし意外にも、その問いは否定された。ということは、侍女との会話に出てきたフィラーナの縁談の相手とは、初めから自分だったということになる。

そして、彼女がその縁談相手にあまり好感を持っていないことも思い出した。

(それはつまり……俺のことだったのか)

彼女に自身の正体がわかってしまったことで、もうあの日のような笑顔は見せてくれないかもしれない。そう思うと、一抹の寂しさに似た感情がウォルフレッドの心をざわつかせた。

だが、変わり者と噂される原因が自身の言動にあることは充分自覚している。そのうえで、噂を打ち消すための措置も特に取らなかったので、それがもとでこの先フィラーナに避けられても仕方がない。

常に自分の信念に従って行動し、それを後悔したこともない。前だけを向いて生きてきた。

しかし、港町でフィラーナと過ごした時間を懐かしく思い、もうそんな時は二度と訪れないのだと少し落胆している自分がいることに、ウォルフレッドは少し戸惑っていた。

（結局、あの時助けてくれた礼は言えないままなのか……）

こうして、ウォルフレッドとフィラーナの運命の歯車は、双方の思いにズレを生じさせながら再び回り始めたのである。

出会いと遭遇と接近

謁見から一週間後の朝。フィラーナは目覚めると、優しい陽の光に導かれるように窓辺に立ち、カーテンを開けた。

（今日もいいお天気！　何しようかしら）

帝都の空は快晴で、雲ひとつない。故郷のリシュレーだったら間違いなく朝食後、屋敷を飛び出して湖水方面に向かって馬を駆り、森を散策し、草原に寝転んで青空を抱きしめたいところだ。

だが、ここは王宮の一角。そして眼下には城下町が広がっているが、外出は許可されていない。

（これじゃ、軟禁状態と変わらないじゃない。せっかく帝都まで来たのに）

最初こそ不満を覚えたフィラーナだったが、そもそもここに来たのは帝都観光ではないと、自身を諌めた。それに、離宮の設備で困ることも今のところない。特に図書室は、さほど大規模ではないものの内容は充実している。庭園は美しく、その先には緑豊かな森がある。

そう、妃候補たちによる〝皇太子妃の座争奪戦〟のイメージとはかけ離れた、のんびりとした空気に、離宮は今日も包まれようとしていた。それもそのはず、以前の発言通り、皇太子本人が離宮を訪れる気配が全くないからである。

ほかの令嬢たちはどうすることもできず困り果てているかもしれないが、〝不敬罪〟の三文字が頭をよぎるフィラーナにとって、皇太子と顔を合わせないでいられるこの状況は、まさに願ったり叶ったりであった。

唯一の変化といえば、昨日、ミラベルの部屋で親睦会と銘打たれた小さなお茶会が催されたことである。

『皆さん、退屈なさってるんじゃないかと思って。今日は楽しい時間をご一緒いたしましょう』

ミラベルは七人の令嬢を自室に招待して、実家から持参したという高級茶と、わざわざ帝都の名店から取り寄せたという焼き菓子を、皆に振る舞った。

自然と話題は皇太子について。やはり誰ひとりとして皇太子とは接触しておらず、これから希望があるのかと不安になり途方に暮れているようだ。

『皇太子様がテレンス殿下みたいに、優しい方だったらいいのに』

令嬢のひとりが呟くと、同調するように周囲も頷く。フィラーナだけが、ややキョトンとしてしまった。テレンスというのは皇太子の弟の名だと耳にしたことはあるが、それ以外の性格や容姿など詳しく知らない。

（皆、いろいろ知ってそう。というより、きっとこれまで関心を持ってこなかった私のほうが変わってるのよね）

そのまま話題は皇帝一家について盛り上がり、フィラーナは知識を埋めるようにじっと耳を傾けた。いずれも初めて知ることばかりで、平静を取り繕いながらも、心の中では驚きっぱなしだった。

――皇帝陛下には三人息子がいて、それぞれ母親が違う。

――ウォルフレッドは第二皇子だが、かつて皇太子だった第一皇子のエリクが死亡し、すぐ下の弟であるウォルフレッドに第一継承権が移った。

――エリクとウォルフレッド、それぞれの母親は側妃で、第三皇子のテレンスのみ母親は正妻である皇妃。

――三人の母親はいずれも故人。皇帝はそのあと誰も妻に迎え入れなかったため、現在この国に皇妃は不在である。

――エリクには息子がいて、名前はセオドール。現在十三歳で、ウォルフレッドの保護下にいる。

そして、ウォルフレッドと誕生が数ヵ月しか違わない弟のテレンスは必ず夜会には出席し、いつも笑顔で人当たりもよい。その微笑みひとつで年頃の娘の心臓を鷲《わし》づかみにするほどの美貌の持ち主で、恋多き男として有名なのだという。ウォルフレッドとは正反対だ。

(恋多き、って……ただの女たらしじゃないの)

フィラーナはげんなりしたが、容姿が優れているうえに確固たる地位もあるので、うら若き乙女たちにとっては高嶺の花、見ているだけでうっとりするような憧れの的なのだろう。

そのあともいろいろと話題は変わり、和気あいあいとした時間が流れた。しかし、実際のところ、互いの現状をさりげなく確認し、抜け駆けしないか牽制し合っているようにも見受けられる。

居心地の悪さを感じたフィラーナだが、ここでは彼女たちのそうした言動こそ普通なのであり、妃選びから外れたいと考えている自分のほうがむしろ異質なのだと、改めて気づかされた。

おとなしそうなルイーズも、あまり話には乗れない様子だった。隣にいたのを幸いと、フィラーナが別の話題――家族や故郷について尋ねてみると、ルイーズはホッとしたような笑みを浮かべた。

いつの間にか、ミラベルを含んだ六人のグループと、フィラーナたちふたり、という構図ができ上がっていたが、誰ひとり気にかける者はなく、そのままお茶会はお開きとなった。

(ともかく、昨日のお茶会の雰囲気は苦手だったけれど、皇帝ご一家の相関図を理解できたのでよしとしましょう。さて、今日は何をして過ごそうかしら)

フィラーナが自室で朝食後の紅茶の香りを楽しんでいると、メリッサが慌てた様子で入ってきた。

「フィラーナ様、このあと、皇太子殿下が離宮に渡られて、おひとりずつお会いになるそうです！」

(え……ええっ、なんで……？)

突然の知らせに、フィラーナは思わずカップを落としそうになった。それをメリッサは素早く受け止めると、まだ飲みかけにもかかわらずティーセットを片づけていく。

「すぐにドレスをお選びしますね。お髪《ぐし》も整えさせていただきます」

トレイを持って退出しようとしたメリッサだったが、扉の前でくるりと振り返ると嬉しそうに微笑んだ。

「殿下とお近づきになるめったにない機会ですもの。頑張ってくださいね」

「……えー、まあ、そうね……」

何も知らない彼女に、フィラーナは言葉を濁しながら苦笑いするしかなかった。


待ち時間がこんなにも長く感じられたことなど、人生で初めての経験だった。

やがてフィラーナに順番が回ってきた。皇太子の待つ離宮内の応接室の扉の前で、薄紫の柔らかい色合いのドレスに身を包んだフィラーナは大きく深呼吸する。

あれほど妃選びにかかわらないと明言していたのに、皇太子のこの行動はどういうことなのか。もしかしたら、このままではいけないとの臣下の諫言《かんげん》を受け入れたのかもしれない。

（ただの気まぐれか、単なる適性審査か……まさか、私を捕らえに来たわけじゃないわよね。もう考えても無駄、こうなったらともかく微笑で乗り切るしかない）

そう腹をくくり、背筋を伸ばす。侍従が扉を開けると、フィラーナは戦いに臨む心持ちで、前方をまっすぐに見据えて歩を進めた。

王宮とは別の棟といえども、さすがは皇帝の所有であるだけに、ここ離宮の応接室内に設置されたシャンデリアやソファなどの調度品は〝超〟がつく一流品で揃えられている。普段、そうしたものに関心のないフィラーナでもわかった。

そんな部屋の中央のソファに、腕組みをしたままウォルフレッドは座っていた。傍らに立つのは、側近のレドリー。ウォルフレッドとふたりきりでなかったことにフィラーナは心底安堵したが、すぐに視線を下に向け、しずしずと少しだけ歩を進める。

（落ち着くのよ、私。ライラとは別人の淑やかな女性を演じるのよ！）

自分に言い聞かせながら、作法通りにドレスを持ち上げ、深く膝を折り頭を下げた。

「エヴェレット領リシュレーから参りました、フィラーナ・エヴェレットと申します。殿下のご尊顔を拝し、身に余る光栄でございます」

「堅苦しい挨拶はいい。面《おもて》を上げて、前に座れ」

ウォルフレッドの指示に従い、フィラーナは体勢をもとに戻す。しかし、視線は下に向けたまま、テーブルを挟んで向かい合うかたちで、ソファに静かに腰掛けた。

全身に受ける強すぎる視線の発信元は、間違いなくウォルフレッドだ。気になってチラリと視線を上げると、思った通り、緑の双眸がじっとこちらを見つめている。無表情なので感情を読み取ることは叶わなかったが、整った顔立ちゆえに無言でいられると、正直なところ恐怖しか感じない。

だが、ここで怖じ気づくほうが、かえって不自然な態度として相手の目に映るかもしれない。フィラーナはぎこちなく微笑んでみせたが、ウォルフレッドの表情に変化は見られなかった。しばらくそうしていたが間が持たず、結局フィラーナのほうが先に視線を下に落とした。

沈黙が部屋の空気中を漂う。フィラーナはうつむいたままじっとしていることしかできない。

「殿下、何かおっしゃいませんとフィラーナ様が困惑されてしまいますよ」

突如発せられたレドリーの穏やかな口調に、ウォルフレッドはハッと数回瞬きをすると、やや遅れて頷いた。

「そうだな。……レドリー、少し席を外せ」

「かしこまりました」

「え、そんなっ……！」

フィラーナは、驚いて顔を上げた。まさかいきなり、ふたりきりにさせられるとは考えてもいなかった。命令通り扉の向こうに消えていくレドリーの後ろ姿に、引き止めるような視線を送ったものの、気づかれるはずもない。

(……行っちゃった……)

どうしていいかわからず、扉を見つめていると、ウォルフレッドが小さく息を吐いたのがわかった。

「お前は俺といるのが苦痛なようだな」

フィラーナが視線を戻すと、ウォルフレッドは腕組みを解いて少し前かがみになり、じっと見つめてくる。ほんのわずかだが距離が近くなり、フィラーナはうつむいた。

「いえ、そんな滅相もありません……」

ここで機嫌を損ねてはならないと、ありきたりな言葉で返す。

「では、なぜ俺と目を合わせない？」

「それは……私は田舎貴族の身でそこつ者ですので、皇族の方と同じ場所にいることすら恐れ多いのです」

(近くで、真正面から顔を見られたらマズいからですよ！)

そんな本心を言えるわけもなく、またしてもその場しのぎの発言でやり過ごした。

再び沈黙がふたりの間に流れたが、やがてウォルフレッドが静かに口を開く。

「俺は、まどろっこしいのは苦手な性分だ。だから単刀直入に聞く」

「は、はい……」

「港町で一度、俺と会っているな？」

フィラーナの頬がわずかにピクリと動く。

(私のこと、バレてる……！)

しかし、この類いの質問が飛んでくることは予期していたため、思ったより冷静に受け止められた。

(やっぱり、この人が港町で会った人……)

これで〝同一人物ではないかもしれない〟というわずかな可能性は、完全に打ち消された。

となれば、残された道はひとつ、この場をなんとかして乗り切ること。明確に否定の言葉を口にしなければ、あとからライラがフィラーナ本人だと発覚しても虚偽罪に問われる可能性は低いはずだ。……多分。

「……なんのことでございましょう？」

フィラーナは努めて冷静な声で返した。目を合わせてしまえば、ウォルフレッドの強い視線に気圧されてしまいそうなので、顔は下に向けたままだ。

「その時は違う名だったが。バカがつくほどの世話焼きで、跳ねっ返りな娘だった」

ウォルフレッドはフィラーナの言葉を無視して話し続ける。しかし、フィラーナもここで折れるわけにはいかない。

「そのようなお話をされましても、私はなんとお答えしたら……」

「その跳ねっ返りがお前なのか、そうでないのかを答えればよい」

「以前に殿下とお会いしていましたら、忘れるはずございません」

「だったら思い出せ。少し待ってやる」

「そんな……お忙しい殿下のお時間を、私ごときに割いていただくわけにはまいりません」

フィラーナは遠慮がちに首を横に振った。それはもう、淑女の振る舞いの模範のように、どこまでもしおらしく。

「本当に覚えていないのか？」

念押しのような問いが投げかけられたその時、フィラーナはひらめいた。

「そのようなお言葉をかけていただき、嬉しく思わない女性がいるでしょうか。世の女性は、殿下と少しでも繋《つな》がりを持ちたいと願っております」

男女の恋の駆け引きに興味のないフィラーナでも、さすがに知っている。『以前にどこかでお会いしましたか』といったセリフは、異性の気を少しでも引こうとする常套句《じょうとうく》であると。

もちろん、ウォルフレッドの発言の主旨はそれとは全く異なるものと理解しているが、ここはそれを逆手に取って、少し浮かれぎみの勘違い女に徹することにした。妃はいらない、と明言する彼のことだから、こういう女には辟易《へきえき》するはずだ。

「殿下のおっしゃっている方は私です、と即答するだけなら容易《たやす》いことです。それで、少しでも殿下のお心に私の存在を置いていただけるなら」

「……なんの話をしている？」

こちらが意図することに気づいたのか、ウォルフレッドはややイラ立ったような口調だ。それでもかまわずフィラーナは続けた。失礼に当たらないよう、行けるところまで突っ走らねば。

「ですが、安易に成りすますような浅ましい女にはなれません。どうかお許しのほどを——」

「お前、いい加減に……っ！」

ウォルフレッドが勢いよく立ち上がったので、思わずフィラーナも顔を上げ、彼の表情を窺った。

眉間に皺が寄り、怒っているのがわかる。だが、その瞳には困惑と寂しさがまざり合っているように見えた。

「……どうやらお前という女をわかっていなかったようだ。小娘でもやはり女か。男の心につけ入る術《すべ》をすでに知っているとはな」

冷たい言葉が容赦なくフィラーナに降り注ぐ。

「お前は俺の示している女ではないようだ。帰郷したければいつでも出ていくがいい」

ウォルフレッドは視線を逸らしながら再び腰を下ろした。そのまま窓の外に目を向けて、フィラーナを見ようともしない。なぜかその整った横顔が少し憂いを帯びているように思えて、フィラーナはやや当惑した。

「もう下がれ」

ウォルフレッドはそのまま押し黙ってしまった。

フィラーナは静かに立ち上がると、来た時と同じように膝を折り、深く頭を下げて無言で部屋を出た。

廊下を数歩進んだところで、フィラーナはホッと胸を撫で下ろした。追及は免れたし、いつでも帰っていいという許可まで出た。早晩、妃候補から外れるのも間違いない。すべてが望むかたちとなり、フィラーナはその場で小躍りしたい気分だった。

だが、最後に見たウォルフレッドの表情が脳裏を掠める。

(どうしてあんな顔するのよ……)

わけがわからない分、気になってしまう。しかし、彼は二度とフィラーナと会う気はないのだろう。蔑むような発言をし、いつでも出ていけと言い放った。

フィラーナは拒絶されたのだ。

(嫌われちゃったかな……)

これでよかったはずなのに。

胸の奥に生じた微かな痛みがなんなのか、フィラーナ自身も理解できずにいた。

そのまま自室に戻ると、すぐに昼食の時間となった。しかし、何かモヤモヤしたものが胸に引っかかり、食事があまり進まない。

「ちょっと散歩に行ってくるわね」

フィラーナはメリッサに告げると、部屋を出た。

こういう気分の時は本来なら散歩ではなく、思い切り身体を動かして、心にかかる薄雲を払拭したい。ここ最近、剣の訓練からも離れてしまっているので、かなり腕も鈍っているはずだ。

離宮からは見えないが、王宮本館の向こうに騎士団の営舎と訓練場があると、メリッサから聞いていた。しかし、そこに行って騎士相手に剣を交じえることなど許されるはずもなく、今、可能な運動といえば散歩がせいぜいだ。

外の空気を吸って落ち着いたら、部屋に戻ろう。そしてメリッサに帰郷を希望することを伝え、レドリーを呼んで手続きしてもらおう。

回廊から庭へ出ると、手入れの行き届いた色彩豊かな花壇がフィラーナを迎えてくれた。明るい春の陽光の下、この季節を謳歌《おうか》するかのように優しい風が花の香りを運び、緑の草木も生命力に溢れ、輝いている。フィラーナは全身に自然の恩恵を浴びながらゆっくり歩いていたが、やはり庭としての規模は小さく、すぐに行き止まりになってしまった。

その先に広がるのは鬱蒼《うっそう》とした森。箱入り令嬢なら、ここで引き返すのが常であるが、自然をこよなく愛するフィラーナは躊躇《ためら》うことなく、ドレスを持ち上げ、中へ踏み入った。

歩いてすぐのところに、花壇の水まき用の貯水池があり、その横には、小さな木の小屋が建っている。それらを避けて斜めに進んでいくと、木漏れ日の美しい静かな場所に出た。好奇心の赴くまま歩き続ける。

しばらく進んでいると、穏やかだった森がザワザワと葉を揺らし始めた。わずかな異変にフィラーナが空を見上げようとした時、突風が起こり、顔に何か白いものが張りついてきた。

「きゃっ⁉」

驚いた瞬間、身体のバランスを崩し、そのまま後ろに倒れ込む。

「いった……」

幸い、地面の土が柔らかかったため、軽く尻もちをついたぐらいでたいした怪我はなかった。ゆっくりと上体を起こすと、指先に何かが触れている。

それは白い紙で、これが顔に飛んできたのだとわかった。拾い上げてみると、紙には鳥の絵が描かれている。故郷の森で、ちょくちょく野鳥観察をしていたフィラーナは、その忠実で繊細な描写に感心してしまった。

「あの、大丈夫ですか？」

すぐそばから控え目な声が聞こえてきて、フィラーナはハッと顔を上げた。

そこに立っていたのは、サラサラと風になびく金髪に、ぱっちりとした藍色の瞳を持つ、十二、三歳くらいの少年だった。肌の色は白く、着用している鮮やかな青い上衣が髪の色を引き立てていて、どことなく気品が漂っている。

(なんて綺麗な子……天使みたい)

ドレスのあちこちに草や葉がついている自分とは大違いだ。フィラーナは恥ずかしくなり、慌てて立ち上がった。

「はい、大丈夫です。ほら、この通り」

それを見て、美少年の顔に安堵の笑みが広がる。そして、フィラーナの持つ紙に視線を移し、ハッと肩を揺らした。

「その絵、僕のです。拾ってくださったのですね」

「あ、はい……」

フィラーナが差し出すと、礼を述べて少年は大事そうに受け取った。その腕の中にはさらに数枚、同じような大きさの紙がまとめられている。きっと先ほどの突風で紙が舞い上がってしまい、それを回収していたのだろう。

「とても素敵な絵ですね。これはあなたが……？」

フィラーナが褒めると、少年は微笑みを浮かべながらも、どこか気恥ずかしそうに頷いた。

「ここにはよく鳥が遊びに来るので、時々写生するんです。いつもは誰もいないんですが、人の声が聞こえたので」

（もしかして……）

少年のことを、王宮を訪れた貴族の子息かと思っていたフィラーナだったが、違うと確信した。ここには『いつも』来られる環境にある者、それは王宮に居住する人間を指す。そして服装や雰囲気、さらに年格好を脳内で照合した結果、お茶会で耳にした人物にたどり着く。

「もしや、セオドール殿下であらせられますか？」

「そうですが、あなたは……？」

少年が肯定したので、フィラーナはドレスを持ち上げ、腰を低くした。

「お初にお目にかかります。私はエヴェレット侯爵家の長女、フィラーナと申します」

「顔を上げてください。あ、もしかして、離宮のほうから歩いてきたのですか？」

フィラーナが頷くと、セオドールの顔に輝きが灯った。

「今、離宮には皇太子殿下のお妃になられる方がお住まいだと聞いています。敬愛する皇太子殿下のお妃様がどんな方なのか、一度お会いしたかったのです。フィラーナどのがそうなのですね？」

「いいえ、まだそうと決まったわけではなく、私は候補のひとりにすぎません」

そう答えてみたものの、フィラーナは複雑な思いだった。もうすぐ、ここを出る申

のだから。

請をして、候補からも外されることになる。何より、選ぶ本人から嫌われてしまった
（敬愛する皇太子殿下、か……。きっと家族として、とても大切な存在なのね）

セオドールはウォルフレッドの甥《おい》に当たる。あの無愛想な彼が甥の前ではどんな顔を見せているのか、少し気になった。

「えっ、そうなのですか……失礼しました。殿下とフィラーナどの、とても似合いだと思ったものですから」

「そんな、私などでは恐れ多くて、皇太子殿下と釣り合いませんよ。……あ、そちらにも落ちていますね。あそこにも。お手伝いします」

少しだけ肩を落としたセオドールを気遣うように声をかけ、フィラーナは茂みを分け、紙を拾って回った。

全部回収し終えた時、フィラーナはいつの間にか王宮側の森の端まで来ていることに気づいた。木々の隙間の向こうに、大きな庭園が広がっている。もう戻ることを告げ、深くお辞儀をして踵を返そうとしたが、セオドールに引き止められた。

「ありがとうございました。でも、このまま王宮本館を通ったほうが足元も汚れませんよ。僕が途中までお送りします」

「ありがたいお言葉ですが、私たちは基本、離宮から出てはいけないことになっておりますので」

「では、せめて護衛を呼んできます」

「大丈夫です。来た道を戻るだけですから」

セオドールの優しさにフィラーナは心から感謝しつつ、再びお辞儀をしてその場を離れた。ほどなくセオドールの足音も遠ざかっていく。だが、数秒も経過していないところで、背後から少年の声が聞こえたような気がした。

フィラーナが何げなく振り向くと、庭に面した王宮の出入口と思われる場所で、セオドールが誰かと話しているようだった。だが、ふたりの間にただならぬ空気が流れているのが感じられる。フィラーナは森と庭との境まで戻ると、木の陰に隠れて様子を窺った。

セオドールの前に立つのは、白地全体に金の刺繍が施された、派手な上衣を着た栗色の髪の若い男。何か言うと、セオドールの手からデッサン画の紙を乱暴に取り上げ、まるで『取ってみろ』と言う風に紙をヒラヒラさせながら、その手を頭上に伸ばす。

まだ背丈が充分でないセオドールは、高い位置に持っていかれた紙を取り返せない。

（誰？　どうしてあんなことするの？）

男は、セオドールをからかっているだけのようだが、セオドールがそれを楽しんでいるようには見えない。フィラーナは飛び出して紙を奪還したい自分を抑えながら、男を凝視した。二十代半ば、背の高さもそこそこある。皇族であるセオドールに、そんな真似ができるのは、同等かそれ以上の立場の人間。

（きっと、彼がテレンス殿下ね。彼にとってもセオドール殿下は甥のはずなのに、なぜ、あんな意地悪をするの？）

かといって、出ていってその行いを咎めることなどできない。だが、このまま立ち去るのも後ろ髪を引かれる思いだ。様々な感情がフィラーナの心を交錯していたその時、テレンスがわざとらしくゆっくりと紙を引き裂き始めた。

（え……？）

素敵だと絵を褒めた時の嬉しそうなセオドールの顔が、頭に浮かぶ。

「待ってください！」

フィラーナの口が勝手に動き、気づけば身体が木陰から飛び出していた。

「フィラーナどの……」

「誰だ、お前は？」

突然現れた人影に、ふたりの動きが止まり視線が集まる。フィラーナは駆け寄ると小さくジャンプし、テレンスの手から素早く紙を抜き取った。確認のため、すぐに視線を紙に走らせると、端のほうが少し破かれただけだとわかり、ホッと息をつく。

「なんだ、お前は。宮廷仕えの者ではなさそうだが。私を皇族だと知っての狼藉《ろうぜき》か」

それに答えず、紙束をセオドールに返したフィラーナに、不機嫌なテレンスの声が降りかかる。フィラーナは少し後退すると、膝を折って頭を下げた。

「突然のご無礼をお許しください。私は、皇太子殿下の妃候補として参った者でございます。王宮の勝手がわからず、森に迷い込んでしまいました」

「へぇ、あのカタブツの……。それは気の毒に。あの男に邪険にされて、さぞや寂しい日々を送っているのでしょう」

テレンスが高圧的な態度から急に優しい口調に変わったことに驚いて、フィラーナは顔を上げた。人を魅了するという噂通りの優美な微笑みをたたえ、興味深そうに自分を見つめているテレンスと目が合う。

しかし、その発言の内容から、兄弟といえどもウォルフレッドとテレンスの間には、深い溝があることを感じずにはいられない。

テレンスは一歩踏み出して、さりげなく距離を詰めてくる。その瞳には、これまでの恋愛経験で培われたのであろう自信が滲み出ていて、フィラーナはなんとなく嫌な予感がした。

「社交界では見ない顔ですね。このまま枯れさせてしまうには惜しい美しさだ。私なら、君の心に潤いを与えて差し上げるのに」

そう言って、おもむろにフィラーナの頰に手を伸ばしてきた。

だが、フィラーナがそうやすやすと男に肌を触らせるわけがなく、反射的に身体を後ろに引く。

テレンスは拍子抜けしたように一瞬真顔になったが、すぐに笑顔を取り戻した。

「そうきましたか。恥じらう姿も実に可愛らしい。名前をお聞かせ願いませんか？」

「いえ、しがない貴族の出ですので、名乗るほどでもございません」

「身元が判明すると、のちのち面倒なことになるのを気にしているのですね。確かに妃候補がほかの男と会っていた、などと世間に知れたら大変だ。でも、あの男はそんなこと、少しも気にしませんよ。自分のために集まった女性がどこで何をしようと、全く興味がありませんから」

「そういうことではなく……。とにかく、もう部屋に戻ります」

「ああ、焦らされるのもたまには悪くない」

（女なら誰でも自分になびくとでも思ってるの……!?）

話が噛み合わない人物と遭遇してしまい、フィラーナは身分の壁というものを嫌というほど痛感した。ただ顔を引きつらせながら、そろそろと後退するしかできない自分がもどかしい。

セオドールの姿はいつの間にか消えていたが、薄情だとは思わなかった。むしろ、これでよかった。自信過剰な大人が女を無理やり口説き落とそうとする場など、あの天使のような少年に見せたくない。

あとは失礼のないように、自然にここを立ち去ろう。

そう思った矢先、テレンスがフィラーナの腕に手を伸ばしてきた。その時、慌ただしい靴音が背後から近づいてきて、フィラーナは誰かに腰を力強く引き寄せられた。

ぴったりと密着し、衣服越しからも相手の身体の逞《たくま》しさが伝わってくる。

フィラーナが驚いて横を見上げると、ダークブラウンの髪の青年が射抜くように、テレンスを見据えていた。

それは紛れもなくウォルフレッドで、前髪から覗く緑の瞳は、周囲を凍らせてしまいそうな冷たい光を放っている。

「テレンス、ここで何をしている」

地を這うような低い声に、周囲の空気がびりびりと震えるのがわかる。

だが、テレンスはわざとらしく、おどけるように肩をすくめた。

「見てわからないか？　ここで会う約束をしてた。逢瀬と言ったほうがわかりやすいか。こちらのお嬢さんが、お前に冷たくされて落ち込んでたから、慰めてたところだ」

「逢瀬だなんて……！」

ましてや約束などしていたわけがない。あまりにも自分本位なテレンスの発言に、フィラーナは憤慨して飛び出していきそうになったが、ウォルフレッドに腰をガッチリと抱えられているので身動きが取れない。

「それは違います。その方は、たまたま庭に出てきただけです……！」

近くで別の声が聞こえ、フィラーナは身をよじりながら振り返る。そこには、セオドールがふたりの騎士に守られるように立っていた。騎士のうちのひとりは面識のある若者――ユアンで、目が合ったフィラーナに軽く頭を下げる。

「セオドールから聞いた。お前が妃候補のひとりに言い寄っている、と」

彼が急に姿を消したのは、ウォルフレッドにこのことを伝えるためだったのだ。

「ふん……ウォルフレッドの飼い犬が」

テレンスが小さく悪態をつく。

「別にいいじゃないか。これまでどんな女が来ても見向きもしなかったくせに、いきなりどうしたんだ？　もしかして、その女、お前のお気に入りだったとか？」

「そんなわけ、ありません！」

　思わずフィラーナは声を荒らげたが、ウォルフレッドは何も答えず、テレンスを睨んだままだ。

（ちょっと！　なんで否定しないの⁉）

　ウォルフレッドの態度に動揺と困惑を隠し切れないフィラーナは、自分を捕らえている腕の中から脱出しようともがいたが、彼の身体はびくりとも動かない。

「へぇ……そういうことか。珍しく本気とは」

　テレンスは驚いたように片方の眉を上げたが、すぐさま面白がって笑った。

「だから、違いま――」

「テレンス、女漁《あさ》りも大概にしろ。これ以上の醜聞は、いずれ己の身を滅ぼすことになるぞ」

　否定しようとしたフィラーナの発言は、ほぼ同時に発せられたウォルフレッドの声にかき消された。

　すると、瞬時にテレンスのまなじりが怒りで吊り上がる。

「偉そうに私に指図するな。この簒奪者《さんだつしゃ》め……！」

突然、剥き出しの敵意がウォルフレッドに向かって放たれ、フィラーナの背筋に冷たいものが走った。咄嗟《とっさ》に彼を見上げたが、その表情は少しも変わらず、緑の瞳からはなんの感情も読み取れない。

「私の母は皇妃だったんだぞ！　本来なら、お前が手にしている地位は私のものだったはずだ！」

「確かに、母親の位だけから考えれば、お前のほうが次期皇帝の座は近かった。だが、父上はお前を選ばなかった。それがなぜなのか説明しなければわからないほど、お前もバカではないだろう」

「黙れ……！」

核心を突かれたテレンスはギリッと唇を噛み、ウォルフレッドを鋭く睨みつける。

「戦利品の女から生まれ出た分際で……！」

そう吐き捨てるように呟くと、大股で立ち去っていった。

（戦利品……？）

フィラーナはテレンスの最後の言葉が気になったが、それよりもまず、この状況をなんとかしたい。

「皇太子殿下……そろそろ離していただけませんか」

「……ああ」

一瞬、間があったのち、ウォルフレッドはフィラーナをようやく解放した。

いきなり抱き寄せられるというウォルフレッドの謎の行動に、フィラーナの戸惑いはすぐには消せるものではない。だが、彼に助けられたのは事実なので、ひとまずここは素直に礼を述べるべきなのだろう。

「殿下、その……、ありがとうございました」

「礼ならセオドールに言うんだな」

話によれば、まずセオドールが近くにいた近衛騎士に事態を知らせ、それが側近であるレドリーに伝えられ、ただちにウォルフレッドの耳に入ったらしい。

フィラーナに改めて礼を言われたセオドールは、なぜかバツが悪そうに目を伏せた。

「すみません、僕に力がないばかりに、あなたに嫌な思いをさせてしまいました。結局、ウォルに……皇太子殿下に頼ることしかできなくて」

「いいえ、セオドール殿下が知らせてくださらなかったら、今頃どうなっていたかわかりません。ありがとうございます」

フィラーナがニッコリ微笑むと、セオドールは顔を上げ、照れ臭そうに笑った。ほんわかとした空気が漂う中、そばまでやって来たウォルフレッドがセオドールの肩に手を置く。

「セオドール、お前はユアンたちとともに、もう戻れ。あとは俺に任せろ」

安堵の表情を浮かべて頷くセオドールを見たウォルフレッドは、近くに控えていたふたりの騎士にも護衛の指示を出した。彼らは丁寧に一礼し、フィラーナも深く頭を下げて応える。ゆっくりと顔を上げた時、すでに三人はその先にある回廊の角を曲がっており、姿が見えなくなった。

再び、本来の静寂があたりを包む。微かに響くのは、森のほうから聞こえる鳥のさえずりだけだ。

思わぬかたちで、またもやウォルフレッドとふたりきり。しかも先ほど、ひと悶着あっただけに非常に気まずい雰囲気だ。

「では、私はこれで――」

ともかく、フィラーナは一刻も早く、この場を立ち去りたかった。

「来い」

しかし、フィラーナの発言はまたしてもウォルフレッドに遮られてしまう。

「え……?」

「離宮まで送ってやるからついて来い。早くしろ」

ウォルフレッドはさっさと森のほうへ向かう。フィラーナは思わず「は、はい」と返事をしてから、港町でのことを思い出した。

（そういえば、おじいさんの荷物を運ぶと言われた時も、こんな感じでちょっと強引だったわよね……）

そして、さりげない優しさに触れ、いい人だと感じたことも。

背中を追いかけながら、控え目にフィラーナは声をかけた。

「あの、殿下……」

「なんだ」

「やっぱりひとりで戻ります。殿下の足元が汚れてしまいますから」

「俺がここを通りたいだけだ。お前を連れて王宮に入ったら、俺がお前を特別扱いしていると、周囲から勘違いされてしまう。それも面倒だからな」

相変わらずな言い分だが、フィラーナを送り届けることを前提としているようだ。

（言葉は冷たいけど、意外と他人を放っておけない性格なのかしら……）

港町の時から感じていたが、ウォルフレッドの冷淡な口調と実際の中身とでは、多少開きがあるのかもしれない。そう思うとなんだか少しだけ親しみが戻ってきて、フィラーナはつい口元を綻ばせた。

「テレンスには気をつけろ。あいつは昔から女に見境がない。しかし、テレンスをあしらうのに、だいぶてこずっていたようだな。港町で男に絡まれていた時の勢いはどうした」

「あの時とは違います。相手は皇族の方ですよ？　いくら私が向こう見ずな女だからって、そんなことできるわけ……」

フィラーナは、ウォルフレッドの歩みが止まったことに気づき、ふと顔を上げた。

緑の瞳が、じっと自分を見据えている。そこに「やはりそうか」というような呆れと、しらを切り通した自分への怒りを感じ取り、彼女の全身は凍りついた。

（しまった……！　あんなに気をつけてたのに……私のバカ‼）

一瞬の気の緩みから、自ら白状してしまうなんて。

混乱したフィラーナは無意識のうちに後退《あとずさ》るが、その前にウォルフレッドが素早く彼女の腕をつかんだ。そして、そのまま有無を言わさず力強く引き寄せる。

「お前、やはりあの時の〝ライラ〟だな？」

顔を近づけ、フィラーナの瞳の奥を覗き込んでくる。その視線を逸らすことなど、彼女に叶うはずもなかった。

「……申し訳ございません……‼」

腕を引っ込めてウォルフレッドの手から逃れると、フィラーナはパッとその場にひれ伏した。

「港町での不敬の数々、どうかお許しください！」

「どうしたんだ、急に……」

戸惑ったようなウォルフレッドの声が聞こえたが、額を地面に擦りつけんばかりに平伏したフィラーナには、彼の表情が見えるはずもない。

「それに、わかっていながらも殿下のご質問に素直に答えることができませんでした。すべては私の心弱さゆえにございます」

「一旦、落ち着け。顔を上げろ」

「お咎めなら、私がひとりでお受けいたします。ですから、どうか父や兄、領民には寛大な御心を……！」

「おい、俺の話を聞け。言っていることがわからない」

半ば呆れ口調で促され、フィラーナは恐る恐る顔を上げた。ウォルフレッドも地面に片膝をついているため、視線が近い。だが、その顔にはこれまで見たことのない困惑の色が広がっていた。

「港町で、お前が俺に不敬を働いたと？」

「……はい。皇太子様だと気づかず、馴れ馴れしい言葉遣いをしてしまいました。それに荷物も運ばせてしまい、挙句には剣で殿下に怪我をさせてしまうところでした」

フィラーナは伏し目がちに答える。思ったよりも落ち着いた声は出せたが、心臓の音は緊張でうるさく鳴りっぱなしだ。

「つまり、お前はそれを悔いていて、俺を避けるような言動をしていたというのか?」

「そうです、恥ずかしながら」

「俺を嫌っての行動ではなかったのだな?」

「はい。……え……?」

今度はフィラーナがキョトンとする番だった。なぜかウォルフレッドは横を向いて、口元を手で押さえている。彼が微かに笑っているように見えて、一体どんな処遇が自分に待ち構えているのだろうと、フィラーナの顔が徐々に青ざめていく。

「申し訳ありません……」

「もう謝るな。ほら、とりあえず立て」

すっかり脱力しているフィラーナの腕を持って、ウォルフレッドは彼女を立ち上がらせた。

「罪には問わない。というか、そもそも俺はなんとも思っていないから安心しろ」

その言葉に、フィラーナは瞳を揺らす。

「あの日、俺はこの国に生きる民のひとりとして、あの町を訪れた。だからお前が出会ったのは、ただのウォルという名の男だ。不敬も何も存在しない」

「本当に……？」

「ああ」とウォルフレッドが頷くと、緊張の糸が切れたのかフィラーナの瞳が次第に潤みだす。

「おい、泣くな」

「泣いてません……」

「じゃあ、笑え」

「はい……？」

突拍子もないウォルフレッドからの命令に、フィラーナの瞳からこぼれそうになっていた涙は一気に引っ込んだ。

「すまなかったな」

ウォルフレッドが呟く。

「さっき、応接室で大人げない言い方をした。お前が認めようとしないことに、なぜか腹が立った。お前は、港町で俺に怪我をさせてしまうところだったと言っていたが、実際には助けられた。礼も言えないままだったことが、心のどこかで引っかかっていたんだ」

ひと言、礼を言うために、フィラーナと会話する時間が少しだけ持てればいいとウォルフレッドは考えていた。だが、レドリーに『まだ最初の段階で誰かひとりを特別扱いすると、離宮に争いの火種が生まれるだけ。今はほかの候補者の方も同じようにするべきです』と進言された。そこで仕方なく——かなり億劫ではあったが——応接室で、ひとりずつ会うという運びになったのだ。

実際、ほかの候補者とはかたちだけの謁見にすぎなかったため短時間で終わり、話をしたかどうかも彼は覚えていない。ただ、ミラベルとかいうやたら着飾った令嬢だけは、こちらが興味を示していないにもかかわらず、めげずに自分を売り込もうとしていたことを思い出していた。

「改めて礼を言うぞ」

「滅相もございません。それまでに私は殿下に何度も助けられていますから」

フィラーナからまっすぐな瞳を向けられたウォルフレッドの顔が、少し晴れやかになった。

　ふたりは再び離宮へと、森の中を進んでいく。

「それにしても、見事な剣さばきだったな。エヴェレット侯爵家の女性は皆、剣術を習うのか？」

「いいえ、そのような女は私くらいでしょう。父はうるさく言う人ではありませんが、内心では嫁の貰い手がなくなるのではないかと、ヒヤヒヤしているかもしれません」

「では今度、手合わせするか」

「え、いいのですか？」

　フィラーナの顔がパッと輝く。それを見て、ウォルフレッドは口角を上げた。

「お前は本当にお転婆だな」

「あ……申し訳――」

　またも下げようとするフィラーナの頭にウォルフレッドは自分の手を置くと、穏やかに微笑む。

「謝らなくていい。お前はそれでいいんだ」

　初めて目にする彼の柔らかな表情に、思わずフィラーナの視線は釘付けになった。同時に、触れられた箇所から温かさが伝わってきて、胸の奥にじんわりと浸透していく。さすがにこの年齢では父は娘の頭に触れてはこないが、いまだに兄からは幼い子のように頭を撫でられることがある。兄の手も充分心地いいのだが、それとはまた違う感覚だった。

「そういえば、殿下はセオドール様にとても慕われているのですね」

離宮までまだ少し道のりがあるので、フィラーナは違う話題を振ってみた。

「そうか？　まあ、俺もセオドールも似たような境遇だからな」

詳しい事情を知らないフィラーナに、返す言葉は見つからない。この時、テレンスの吐き捨てるような発言を思い出した。

『戦利品の女から生まれ出た――』

ウォルフレッドの出生は知らないが、あんな言い方をされて当の本人は嫌な気分になったはずだ。

不意に黙り込んだフィラーナの表情が少し曇っているのを見て、ウォルフレッドは彼女の心情を読み取り、おもむろに口を開いた。

「テレンスの言っていたことが気になるか？」

「あ、いえ……」

「本当のことだ。今さら気にもしていないが。昔からあいつとは馬が合わなくてな。自分の位のほうが上だと、いつも鼻にかけている」

「そうなんですね……」

後継者を選ぶ際、皇帝陛下が息子たちの生母の地位ではなく、能力を重視する人物でよかったと、つくづくフィラーナは感じた。しかし、その後継者はかなりの変わり者だが。

（もしかしたら殿下が妃を迎えたくないと考えているのは、ご自分の出自が原因なのかしら……）

だとしたら、到底フィラーナが踏み込める領域ではない。

そうしているうちに貯水池と小屋を横切り、森の出口付近に到着した。離宮のこぢんまりとした庭園が視界に入る。

「殿下、もうここで結構です。ありがとうございました。では失礼します」

「待て」

別れの挨拶を述べ、ドレスを摘んで優雅にお辞儀をしたフィラーナを、ウォルフレッドが呼び止める。そして一歩進んで距離を詰めると、彼女の背中にそっと腕を回した。

フィラーナの鼻先がウォルフレッドの胸元の上衣に触れ、まるで正面から包まれてるような感覚に陥る。その瞬間、フィラーナの心臓がドキリと跳ね上がった。

「髪に葉がついていたぞ」

「あ、本当……ありがとうございます」

突風に煽られて後ろに転んだ時、後ろの髪の毛に引っかかってしまったのかもしれない。気がついてわざわざ取ってくれたとわかってホッとしたが、同時になぜか少し虚しさも感じた。

「気をつけて戻れよ」

ウォルフレッドが踵を返し、王宮の本館へ戻っていくのを見て、フィラーナも離宮の建物へと足を向けた。

胸の高鳴りが、なかなか鎮まらない。

(なんなの、これ……。ああ、落ち着かない。やっぱり思い切り身体を動かしたい……!)

この時、周囲に気を配る余裕のなかったフィラーナは全く気づきもしなかった。

庭に面した回廊の柱の陰から、ミラベルが嫉妬と憎しみで暗く染まった眼差しを送っていたことに——。

芽生える気持ちと引けぬ想い

部屋に戻ると開口一番、フィラーナは庭と森歩きでドレスの裾と靴を汚してしまったことをメリッサに詫《わ》びた。自分の持ち物だが、手入れと管理は彼女の仕事だからだ。

「いいんですよ。フィラーナ様のよい気分転換になられたのなら」

メリッサはにこやかに答える。

「なんだかさっきより明るいお顔になられて、私も嬉しいですわ」

「え……そう？　私、そんなに暗かったかしら？」

「少し表情が曇っていらっしゃいましたし、食事もあまり進まないご様子だったので。さあ、お召し替えをいたしましょう。足もお拭きしますね」

メリッサはいそいそと衣装部屋に消えていく。選んでくれた着替えのドレスに袖を通しながら、フィラーナは自分でも心境の変化が起こっていることに気づいた。本来なら、早速レドリーを呼んで帰郷する旨を伝える予定だったのに、今はどうしようかと考えている。

（皇太子殿下と〝仲直り〟……したから……？）

罪を不問にするとウォルフレッドは言った。これからは、こそこそと隠れずに済む。

それに『外の世界も見ておいで』と背中を押してくれた兄に、土産《みやげ》話のひとつも用意できていない。このまま帰ってしまえば、次はいつ帝都の地を踏めるかわからない。

そう考えると非常にもったいない気がしてきた。

（いずれは帰ってお兄様を支えるんだから、今はもうちょっとここにいようかしら）

そうして、フィラーナはこの件を一旦、置いておくことにした。


それから二日後の早朝、ようやく太陽が地平線から顔を出し、東の空が白み始めた頃のこと。

「きゃあああああ‼」

若い女の悲鳴が、一瞬にして離宮内の廊下を駆け巡った。まだまどろんでいたフィラーナの意識は、強制的に夢の世界から現実へと引っ張り出される。

響き渡った悲鳴はメリッサのものだとすぐにわかった。続いて、廊下を走るいくつかの靴音も耳に届き、騒然とした雰囲気が漂う。

フィラーナは飛び起き、近くにあったガウンを羽織ると、扉に駆け寄って取っ手をつかんだ。しかし、わずかに開いたところで外側からメリッサが声を張りあげ、それを制止する。

「フィラーナ様、見てはなりません‼」

見るなと言われると、それに反する行動を起こしてみたくなるのが人間の性《さが》というものである。躊躇なく扉を開けると強い異臭が鼻をつき、瞬時にフィラーナは顔をしかめた。

（何……？）

扉の前、廊下一面に、土色や赤などの細長くうねった物体がぶちまけられていた。表面の斑《まだら》模様が独特の不気味さを醸し出している。それ以外にも、見ただけで鳥肌が立ちそうな形をした黒っぽい塊も点在している。

「フィラーナ様、それ以上近づいてはダメです！」

離れた場所からメリッサが叫ぶが、フィラーナは少しだけ前に出て物体を凝視した。やがてそれらがなんなのか、寝起きの脳が徐々に働き始め、認識していく。

（大量のヘビと……それに虫の死骸……）

皆が寝静まった頃に誰かがここに持ち込み、故意に撒《ま》き散らしたのだ。

（なんてことなの……⁉）

「なんだと……？」

ウォルフレッドが事件の一報を受けたのは、騎士団の訓練場で剣の鍛錬を始めようとしていた時だった。急ぎの案件や所用がない朝は、体力や筋力維持のため食事の前に軽く身体を動かすことが日課となっている。しかし、今朝はただちに取りやめて、レドリーから詳細を聞いた。

「すぐにそれらの撤収と廊下の清掃の指示を出しました。誰の仕業か、ただ今調査中です」

「フィラーナを離宮の別部屋に移動させろ。そんなことがあった場所では気分も優れないだろうからな」

「御意」

「それでフィラーナはどんな様子だ？」

あからさまな悪意に、気落ちしているフィラーナの姿がウォルフレッドの目に浮かんだ。それどころか吐き気を催して寝込んでいるかもしれない。

しかし、レドリーからの返答の内容は全く予測していないものだった。

知らせを受けて多くの衛兵や使用人が駆けつけ、目を覆いたくなるほど不快な現場に、皆が一瞬で言葉を失くしたという。中でも異様だったのが、蜂蜜色の髪をした若い娘が気持ち悪がる素振りも見せずその場にしゃがみ込み、ヘビらしき物体をじっと観察していたことだった。そして近くに佇む衛兵に声をかけた。

『これって、もう死んでますよね？』

『はあ……左様ですね……』

『このヘビは薬になるんです。でも時間が経ちすぎてダメね。せっかくの珍種なのに惜しいわ。贈り物だったら、新鮮なうちに持ってきてくれたらよかったのに』

フィラーナは実に残念そうにため息をついた。

新鮮だったら、自らの手で薬を作りたかったとでも言うのか。

朝からあまりにもおぞましい情景を目の当たりにし、この娘はとうとう気が触れてしまったのではないかと、その場にいた全員が疑った。

しかし、幼い頃から野山を駆け回っていた彼女にとってすべての生き物は好奇心の対象だった。いろいろな領民に声をかけて、詳しく教わったことも多く……単に、令嬢らしからぬ方面の知識の幅が広かっただけのことである。

「その後、特に変わったご様子はないようです。朝食の減量などのご要望もありませんでした」

ウォルフレッドはしばらく言葉を発せずにいたが、やがてフッと口角を上げた。

「なかなか読めない女だな……」

「フィラーナ様のお見舞いに行かれますか?」

何か言いたげな笑みを浮かべて、レドリーが尋ねる。ウォルフレッドはその視線を受けると、不機嫌そうに眉根を寄せた。

「……なぜそんなことを聞く?」

「殿下のお顔にそう書いてありますので」

「バカな」

顔を背けたウォルフレッドは、訓練場をあとにし、自室へと向かう。レドリーが斜め後ろに一歩下がってつき従う。

「いやぁ、実に嬉しい傾向ですね。殿下がどなたかに興味を持たれるなんて。先ほどもご心配されていたでしょう?」

「心配などしていない。身柄を預かっている以上、最低限の配慮を示しただけだ。だが、今回のことは意外だった。一昨日、あの娘と森で会って話をした時、誰かから恨みを買うような人物には思えなかったからな」

「それは港町の時からお感じになっていたのでは?」

　さりげないレドリーの発言に、ウォルフレッドの足がピタリと止まる。そして静かに首だけ振り返った。なぜ知っている?と問う鋭い視線とともに。

「……ユアンか」

「ええ。初謁見の日、ユアンからあなたと同じく『あの蜂蜜色の髪のご令嬢の名前は?』と聞かれました。偶然にしてはおかしいと思い、問い詰めました。……ああ、私が無理に口を割らせたので、どうかユアンにはお咎めなきよう」

「兄弟仲が良く、結構なことだ」

「あなたのことも、もちろん可愛い弟だと思っておりますので、ご嫉妬なさらず」

「やめろ。気色悪い」

　レドリーとユアンは、皇帝一家とも繋がりの深い名門バルフォア公爵家の嫡男と次男だ。ウォルフレッドは理由あって幼少期を王宮ではなくバルフォア邸で過ごし、その頃から三人は兄弟のように育った。現在何かと気の休まることのない王宮において、ウォルフレッドにとってレドリーとユアンは最も信頼の置ける、まさに腹心の部下なのである。

「まあとにかく、ご自分の心に素直に従うのも時には大事ですよ」

「どういう意味だ」

「生涯、ずっとひとりで生きていくおつもりですか？」

「……愚問だな。こんな俺に、ついてくる酔狂な女がいるとは思えない」

ウォルフレッドは視線を廊下の先に戻すと、再び歩み始める。

そんな頑なな皇太子の背中を見つめながら、レドリーは人知れずため息をついた。


「まったく、誰があんなひどいことをしたんでしょう」

新たに用意された部屋で、活けられた花の向きを整えながらメリッサは小さく頬を膨らませた。

「まあ、それは今、調べてくれているみたいだし……」

ソファに深く腰掛けたフィラーナは、それに対してわりと穏やかかな、なだめるような口調で応える。

「そんな悠長な……フィラーナ様はご立腹じゃないんですか？」

「そりゃあ最初はびっくりしたけど、そんなに怒るほどでもないかなって思って」

（全く怒ってない、って言えば嘘になるけど、こんなことで腹が立っていたらキリがないわ）

あまりの平和ボケした日常に忘れてしまいがちだが、よくよく思い出してみれば、ここは女の嫉妬が渦巻く皇太子妃選びの場。そして今回、自分が標的になってしまった原因はただひとつ。

(一昨日、殿下と一緒にいたところを、七人の令嬢のうちの誰かに見られたんだわ)

並んで歩いていたし、髪の毛についた葉を取ってもらう際には、互いの身体が触れそうなほど近かった。親密にしていたと勘ぐられてもおかしくない。

(誰なのかはわからないけど……やることがわかりやすいというか……稚拙というか)

令嬢が自ら気味の悪い生き物を調達するとは考えにくく、王宮内の息のかかった者に命令を下したのだろう。あからさまな嫌がらせで精神的に追い込もうと目論《もくろ》んだのであろうが、彼らの最大の誤算は相手がフィラーナだったということだ。

「フィラーナ様がそうおっしゃるなら私は何も申しませんが……でも、あの時のフィラーナ様の動じないお姿に私、惚《ほ》れましたわ！　侍女の間でもその話で盛り上がっているようですよ。あ、ですが中には〝ヘビ姫様〟とか勝手に異名をつける不届き者がいるようで……」

「あら、なんてこと！」

「ええ、ほんと失礼ですよね！」

「だって私、〝姫〟じゃないもの」

「……引っかかるのは、そこですか？」

しばらく呆れ顔のメリッサだったが、この会話でだいぶ機嫌が直ったらしく、ふっと口元を綻ばせた。

「暗い話ばかりしてると、せっかくの殿下からのお花がしおれてしまいますね」

「ええ、そうね……」

フィラーナはぐるりと周囲を見渡した。

部屋の規模も調度品の質も以前とほぼ同じだが、ピンク、白、赤、黄色などの春の花で溢れた大小様々な花瓶がテーブルやチェスト、出窓など、至るところに飾られ、明るく華やかな空間へと変貌を遂げている。

先ほどここへ足を踏み入れたフィラーナは部屋を間違えたのかと思い、案内してくれた女官長に尋ねたが、彼女は静かに首を横に振った。

『いいえ。こちらが本日からフィラーナ様のお部屋でございます。お花の飾りつけは皇太子殿下のご指示によるものでございます』

綺麗なものを目に入れて気持ちを落ち着かせるように、というウォルフレッドなりの心遣いなのだろう。それにしては花の量が多いような気もするけど、と彼の不器用さに笑みが溢れつつも、自分のことを考えてくれたその優しさは素直に嬉しい。

お礼を申し上げたいと女官長には伝えてあるので、あとでその時間は作ってもらえるだろう。

（早く顔が見たい）

ふと心に込み上げた思いに、フィラーナはハッと我に返った。

（私、ここ最近変だわ……）

今まで経験したことのないような胸の疼《うず》き。

「では、私はお茶の準備をして参りますね」

メリッサが退室し、部屋は静けさに包まれる。フィラーナは心を落ち着けるように深呼吸した。

しかし、すぐに廊下からパタパタと走る足音が近づいてきたかと思うと、扉からメリッサが慌てた様子で現れた。

「殿下が、今こちらに向かっていらっしゃいます！」

「えっ？　もう⁉」

フィラーナは急いで立ち上がった。

思っていたよりもかなり早い来訪に、オロオロと意味もなく右往左往しているうちに、早くも扉からノック音が響く。

メリッサが扉を半分ほど開けて従者らしき人物に対応したあと、さらに大きく開かれた扉からウォルフレッドが現れた。従者から指示があったようで、メリッサはすぐに廊下へと姿を消す。

彼の顔を見た途端、心はたちどころに落ち着きを失い、フィラーナはそれをごまかすため深く頭を下げて深呼吸した。

「殿下、新しい部屋とたくさんのお花をありがとうございます。本来ならばこちらから出向くところを、こうしてわざわざ足を運んでいただきまして申し訳ございません」

近づいてくる靴音を耳に捉えながら、なんとか冷静に言葉を紡ぐことができた。

「頭を上げろ。ここには俺たちしかいないんだから、そんなにかしこまらなくていい。……花は少しは役に立ったか?」

「はい。見ているだけで気分がよくなります」

フィラーナは顔を上げて微笑む。つられるように一瞬、ウォルフレッドの唇も緩やかな弧を描いたが、すぐに真顔に戻った。

「今回は予期しなかったこととはいえ、警備の怠りは俺の責任だ。しばらくは不安だろうからお前に護衛をつける」

「護衛……？」

「王宮の近衛騎士なら信頼の置ける者ばかりだが、顔見知りのほうがいいだろう。ユアンを、その任に就かせようと思う」

「いえっ、私なら大丈夫です……！」

一方的な話の流れに歯止めをかけるべく、フィラーナは即座に首を横に振った。そんなたいそうなことをしてもらうほどの身分ではないし、何しろ故郷では令嬢らしからぬ自由な日々を送ってきただけに、いつも護衛がついているかと思うと窮屈で息苦しくなってしまいそうだ。

「きっと、ちょっとしたいたずらだと思いますし。貴族の娘らしくないと思われるでしょうけれど、私、ああいうのを見るのは慣れてますから」

「慣れているとか、そういうことではない。今度はその悪意がどうかたちを変えるかわからないぞ。もっと危険な目に遭うかもしれない。護衛がつけばそれだけで相手への牽制になる」

「そんな大袈裟な……ここは離宮といえども王宮内ですよ？　犯人もそんな大それたことをするとは思えませんし。そうだわ、剣をお貸しくだされば、自分の身は自分で守り――」

楽天的で危機感をあまり持たないフィラーナにイラ立ったのか、ウォルフレッドは語気荒く、彼女の言葉を遮った。

「だが、お前は女だ！」

一瞬にして部屋中の空気が緊張感で満たされる。硬い、怒ったような表情を向けられ、フィラーナは思わず身体を強張らせた。

「相手が素人や女なら、お前でもやすやすと倒せるだろう。だが、それがれっきとした訓練を受けた者だった場合どうする？　それでも負けないと言い切れるのか⁉」

ウォルフレッドが身を乗り出すように大きく一歩近づき、フィラーナの顔を見下ろした。その視線は氷のように鋭く冷たい。

「そ、それは……」

その迫力に気圧され、フィラーナはソロリと後退してしまう。すると、さらに間を詰めようとウォルフレッドが前進する。じりじりと無言の攻防がしばらく続き、気がつけば、フィラーナは壁際へと追いやられていた。

「自分の力量も把握していないのに、いい加減なことを言うな。わかったか」

これ以上の議論は無駄だと言わんばかりの切り上げるような発言に、フィラーナは目を見開く。

（それ……前にも同じことを言われたわ……）

港町で老人の荷物を持とうとして、どうにもならなかったフィラーナに投げかけられた言葉。あの時は呆れた様子ながらも手伝おうとする優しさを感じて、彼女も温かい気持ちになった。

しかし、今は完全にフィラーナの意見を遮断し、有無を言わせず従わせようとしている。

（女だからって、バカにしてるのね……！）

もともと抑えつけられることは嫌な性分である。口答えが許される相手ではないと理解しつつも、そんな言い方をされれば小さな反抗心が生じてしまう。

フィラーナは顎を上げて、まっすぐにウォルフレッドを見つめた。

「故郷では、それこそ殿下のおっしゃる『れっきとした訓練を受けた』騎士たちと剣を交じえていました」

「侯爵家の令嬢相手に、騎士たちがどこまで本気を出せたかはわからないが、お前を本気で殺そうとする者はいなかったはずだ。つまりそんな訓練は戯れにすぎない」

「な……っ！」

「まだ何か言いたいことがあるのか。だったらまず俺を倒してみろ」

ウォルフレッドは低い声で言い放つと、突然フィラーナの両手首をつかんだ。フィラーナが驚きの声をあげる間もなく、それらを頭の上でひとまとめにして壁に押しつける。

「ちょ、ちょっと何を……！」

いきなり腕を持ち上げられて、抵抗できない状態にさせられたフィラーナは狼狽《ろうばい》した。手を振りほどこうと激しくもがくが、男の力は思いのほか強く、ただ手首が痛くなる一方だ。キッと睨みつけると、ウォルフレッドがゆっくりと口角を上げる。

「もう終わりか。さっきの強気な発言はどこにいった」

「いい加減にしないと、蹴り飛ばしますから！」

つい最近まで不敬罪を気にしていたことなどすっかり忘れて、本気の怒りがフィラーナの口から飛び出した。

「敵にそんなことを尋ねる余裕があると思うのか。そんなことをしているうちに、お前はとっくに命を奪われているぞ。どうだ、俺の言ったことは正しいだろう」

『所詮は女だ、その非力さを認めろ』

そうとも取れるウォルフレッドの発言に、フィラーナは悔しさを抑えることができないまま、もがき続ける。蹴ろうにも互いの身体が近すぎて、膝を上げるのがやっとだ。しかし、それもたいした威力にはならない。

「俺の決定に従え」

「嫌よ！」

悔しさのあまり、売り言葉に買い言葉で即座に抵抗する。『お前は女だ』という部分にこだわるあまり、話の本筋が見えなくなっていた。

そんなフィラーナの態度に、ウォルフレッドは深くため息をついた。

「なんでそんなに頑ななんだ。俺ではお前を四六時中守ってはやれない。だから護衛をつけると言ったんだ」

「あなたに守ってもらいたいなんて、これっぽっちも思ってないわ！」

「なん……だと？」

これにはウォルフレッドも癪《しゃく》にさわったようで、頬を引きつらせた。すでに論点の相違が生じているので、どちらかが冷静になって軌道修正を行わなければならないのだが、互いに頭に血が昇った状態ではどうしようもない。

ウォルフレッドはフィラーナの顔面に影が落ちるくらいに自分の顔を近づけ、冷たい視線はそのままにニヤリと笑う。

「この跳ねっ返りめ。護衛どうこうの前に、まずはその生意気な口をどうにかしなければならなかったみたいだな」

「な、何を——っ⁉」

フィラーナの抗議の声はそこで遮られてしまった。正確には、ウォルフレッドに呑み込まれてしまったのだ。

唇が柔らかいもので塞がれている事実に、フィラーナは驚愕《きょうがく》して目を大きく見開く。抵抗することも忘れ、呆然としていると、ウォルフレッドにさらに強く唇を押しつけられた。

「ん……っ」

合わさった隙間から不意に漏れるフィラーナの吐息さえ拾い上げようと、ウォルフレッドは微妙に角度を変えて再び彼女のそれを塞ぎにかかる。

初めての経験にフィラーナの身体から徐々に力が抜け、それに伴って拘束されている手首が次第に解放されていった。ウォルフレッドの手はいつの間にかフィラーナの後頭部と背中に回されている。

(い、いきなり何するの……⁉)

だらりと両腕が下がった重みで自我を取り戻したフィラーナは、自由になった手でドンとウォルフレッドの胸を強く押した。

離れた相手の男の唇が濡れているのを見て、フィラーナは羞恥で顔が火を噴きそうなほど熱くなるのを感じた。なぜこんなことをしたのか、問いただすことも視線を合わせることもできないまま、両手で口元を押さえてその場に崩れ落ちる。

ウォルフレッドも気まずそうに視線を宙にさまよわせたあと、うずくまるフィラーナに手を差し伸べようとした。だが途中でグッと強く拳を握りしめ、そのまま引っ込める。

「護衛が嫌なら、この部屋から一歩も出ないことだ」

静かにそう告げると、ウォルフレッドは踵を返し部屋を出ていった。


（くそっ……なんだってあんなことを……！）

急ぎ執務室に戻ったウォルフレッドは、抑えていた感情をぶつけるように右の拳を思い切り壁に叩きつけた。

（俺はもっと冷静な男だと、そう思っていたが……）

『氷の皇太子』と、いつ誰が言い始めたのかは定かではないが、自分の本質をよく捉えた表現だと自身も認めていた。未来のためにも、冷徹かつ冷静でなくてはいけない。

それなのに、フィラーナを前にするとなぜか調子が狂い、自分が自分でなくなってしまう。

フィラーナが護衛を嫌だと主張するなら、そこで話を終わりにすればいい。『提案はしたが断りを入れたのはお前自身だ。この先何があっても知らないぞ』と冷たく突き放せばよかったのだ。だが、そうできないまま口論になり、話の主軸がずれていき……しまいにはこの体たらくである。

そもそも『あなたに守ってもらいたいなんて思ってない』と言われて、なぜカッとなってしまったのだろう。護衛の件で感謝されることを心のどこかで期待していたからなのか。

(それともフィラーナに、〝男〟として頼りにされたかったのか、俺は……?)

しかし、拒絶されたことに腹を立て、この生意気な口をどうにかしてやりたいという衝動を抑えることができなかった。これでは、自分の気持ちが伝わらなかったからと癇癪《かんしゃく》を起こす幼子と同じではないか。それに、いくらなんでも彼女の口を唇で塞ぐ暴挙に出るなど自分でも信じられない。

(どうしたんだ、俺は……。無意識のうちにあの女を……欲しているのか?)

次々と浮かび上がる疑問に頭の中が埋め尽くされそうで、ウォルフレッドは壁に軽く頭突きをするようにもたれかかると、深くため息をついた。

「これは珍しいお姿ですね」

突然発せられた声に、ウォルフレッドはハッと我に返ると頭を上げた。扉のほうを振り向くと、相変わらず穏やかな微笑みをたたえたレドリーが立っている。

「……いつからいたんだ。ノックぐらいしろ」

「さっきからですよ。その前に何度もノックしました」

つまり、この男に自分の情けない姿を観察されていたということだ。すぐに声をかければいいものを悪趣味な……とウォルフレッドが不機嫌さ全開で執務机の椅子に乱暴に腰掛けると、レドリーが机の傍らまで歩を進める。

「フィラーナ様からお礼を申し上げたいとの伝達があった途端、意気揚々と出向いていかれたわりには、ひどく落ち込んでいらっしゃるようですね」

「……誰が意気揚々と、だ。それに落ち込んでなどいない」

「何かおありになったんですか？」

レドリーには自分の発言は訂正するつもりなどないらしく、ウォルフレッドの目をじっと見つめる。口元は穏やかに弧を描いているように見えるが、その瞳は全く笑っていない。

「護衛のことで口論になった」

「それだけとは思えないのですが」

昔からレドリーは相手のどんな表情も見逃さない。それは実弟のユアンのみならず、ウォルフレッドに対してもそうだった。いつも笑顔で柔軟な男に見えるが、必ず筋を通そうとする性格で、ごまかしや偽りを許さない。ユアン曰く『あとで嘘だと判明した時の兄さんは世界一怖い』のだ。

ウォルフレッドは視線を背けると、観念したようにボソリと呟く。

「……俺に守られたくないとまで言い出してカッとなった。それで……」

「それで？」

「……無理やり唇を奪った」

「は……？」

顔を見なくても、レドリーが呆れて絶句しているのがわかる。重い沈黙ののち、レドリーが口を開いた。

「あなたという人は……いい年をして案外バカなんですね」

臣下からの率直すぎる物言いではあったが、ウォルフレッドは冷静にそれを聞き入れた。皇族だからと気を回されて変に言葉を濁されたりするより、手厳しい言葉で非難されてこそ自分の愚行を猛省することができる。

「ところで殿下は傷ひとつ負ってらっしゃいませんね」

「……ああ」

レドリーの言いたいことに、ウォルフレッドも同感だった。フィラーナから唇を離したあと、平手打ちのひとつやふたつ飛んでくるものと思っていた。有言実行で蹴りを入れられた可能性もあった。

しかし予想は大きく外れ、フィラーナは顔を真っ赤に染めると、口元を手で覆いながらその場でへたり込んでしまった。やや涙目になっていたことは本人も気づいていないだろう。

（こんな顔をすることもあるのか……）

先ほどまで勢いよくウォルフレッドに口答えを繰り返し、暴れようとしていたとは思えない彼女の変わりように、ウォルフレッドは心臓を鷲づかみにされたかのような息苦しさを覚えた。

その時はこの感情が何かわからなかったが、今、冷静な頭で考えてみればはっきりする。

うずくまったフィラーナに手を伸ばそうとしたのは、謝罪するためでも慰めるためでもない。

ただ純粋に、この女が可愛い。自分の腕の中に収めたい、という感情に突き動かされたからだ。

しかし、己の身勝手さに我に返り、その手はフィラーナに届くことはなかった。

「……散々、信念を貫くと言っておいてこのざまだ。笑いたければ笑え」

「笑いませんよ。むしろ今のあなたのほうが人間らしくていいと思いますが」

レドリーに穏やかな微笑みを向けられ、ウォルフレッドはフイと視線を逸らした。

「……フィラーナを郷里へ帰す」

「え……？　ですが、殿下は――」

「それでいい。少し外の風に当たってくる」

いつもの意固地さを取り戻したウォルフレッドは、臣下の言葉には耳を貸さず、椅子から立ち上がると執務室の扉へ向かう。そんな皇太子の姿に、レドリーは大きく肩をすくめた。

開け放たれた窓から入り込んだ春風が、部屋の至るところに飾られている花を優しく掠める。

フィラーナはソファの端で膝を抱えて座っていた。膝と身体の間に挟んだ大きめのクッションに何度も顔を埋める。ひとりにしてほしいとメリッサに頼んだので、ここには自分以外誰もいない。

（どうして殿下はあんなことを……？）

唇に残る柔らかい感触。

重ねられた唇の熱さに驚いて、抗えなくて――。

思い出して、再びフィラーナの顔から湯気が出そうになる。

今さらだが、平手打ちくらいお見舞いしてやればよかったと思う。いくら命令に背こうとするこの口が憎いからといって、急に口づけてくるなんて、明らかに無礼なのは向こうだ。

キスとは恋人、もしくは夫婦など心の通った者同士が交わす愛情表現のはずだ。しかし、ウォルフレッドは妃を迎えないと公言している。彼のこの行為にはなんの意味があるのか。

（まさか、妃はいらないけど愛妾《あいしょう》は欲しい、とか……？　冗談じゃないわ！）

フィラーナは首を左右に振ると、クッションを横に放り投げた。初めての経験でこんな気持ちにさせられるなんて思ってもいなかった。

（……殿下は、これまでほかの女性とキスしたことあるのかしら？）

ふと湧いた疑問に、なぜか胸の奥に小さな鋭い痛みが走る。

(どうして、こんな悲しい気持ちになるの……？)

なぜこんなことになってしまったのか。護衛の話を断っただけなのに、突然理不尽な力比べを強いられた。

(女では男の力には敵わないことなんて、言われなくてもわかってるわ……)

それでも女の枠にとらわれたくなかった。貴族女性は慎ましくあるべしという教えに反し、兄の力になるためにあらゆる分野の知識を吸収しようと貪欲に挑み、剣術の稽古にも励んだ。

遠い昔の記憶が脳裏を駆け巡る。

草むらの上で泣きじゃくりながら兄の身体にすがる幼い自分。

落馬の衝撃と激しい痛みで意識が朦朧《もうろう》となるも、大切な妹に心配をかけまいと必死に微笑む兄。

(あの日から、私はお兄様のために生きようと決めたのよ……)

その時、コンコンと小さなノック音とともに扉からメリッサが顔を出した。

「フィラーナ様。レドリー様が面会を望まれていますが、いかがなさいますか？」

「え……あ、はい、お通しして」

急な訪問に戸惑いつつフィラーナがソファから立ち上がると同時に、レドリーが入室し丁寧に腰を折った。

「今朝の出来事、大変申し訳ございませんでした。ただ今、総力を挙げて調査中です。そのほかに不備があればなんなりとおっしゃってください」

「あの、どうか頭を上げてくださいませ。おかげさまで不自由なく過ごさせていただいております。まずは、どうぞお座りになってください」

すすめられるまま、レドリーは彼女と向かい合うかたちでソファに腰を下ろす。メリッサの姿はすでにない。

「私が人払いをお願いしました。フィラーナ様に折り入ってお話ししたいことがありますゆえ」

「は、はい、なんでしょう?」

改めて切り出され、緊張で背筋が伸びる。

「実は……殿下はあなたを帰郷させたいとお考えのようです。まだ決定事項ではありませんが」

「え……?」

レドリーの言葉に、視界が揺れるのをフィラーナは感じた。

「……それは……私が殿下の逆鱗《げきりん》に触れてしまったからでしょうか？　護衛の件に反発してしまいましたから……」

「いえ、それは違います。むしろ不埒《ふらち》な振る舞いをして非難されるべきなのは殿下のほうなので」

不埒な振る舞い、と聞いて先ほどの記憶が鮮明に蘇《よみがえ》り、フィラーナは顔を赤くした。レドリーに知られていることへの羞恥と、側近とはいえ、なんでそんなことを話してしまったのかというウォルフレッドへの恨めしさで、感情の波が渦を巻く。胸の内が、自分でもどうしていいかわからないほど、混沌としている。

そんなフィラーナを落ち着かせるように、レドリーは穏やかな微笑みを向けた。

「珍しく目も当てられないほど落ち込んでいらっしゃったので心配になり、私が無理に聞き出しました。もちろん本人は言いたくなかったでしょうが……。とても反省なさっているご様子でした。ですが今すぐには合わせる顔がないのだと思います。何しろ、偏屈なお方なので」

とても臣下とは思えない——友人同士の軽口とも取れる表現に驚きを感じながらも、なんだかおかしくなって、フィラーナの心は少しずつ落ち着き始めた。もしかしたら、ふたりきりの時、彼らの絶対的な主従関係は若干、緩いものとなるのかもしれない。

「とにかく、殿下がお妃候補の方に、これほど関心を持たれたのは初めてなのです」

「……よくわかりません。帰らせようとするのが関心……なのですか？　私のことが気に入らないから遠ざけたいのでは？」

「遠ざけたい、というのは当たっているかもしれません。ですが理由が違います。殿下はあなたのことが心配でたまらず、そこで護衛をつけようとお考えになりました。今は〝些細《ささい》な出来事〟で済ませられますが、それが、いつ大きな危険に発展するかわかりません。人の欲が具現化する王宮という場所の恐ろしさを、あの方は身をもってご存知ですので」

　ということは、ウォルフレッドは命の危機を感じるような目に遭ったということなのだろうか。例えば、彼と対立する勢力から――。

「それは……殿下のお母上が側妃様だからですか？」

　フィラーナはふと思ったことを口にしたが、失言だったとすぐに気づき、視線を床に落とした。

「申し訳ありません。出すぎたことを」

「いいえ、この話を始めたのは私ですから」

　レドリーは柔和な表情を変えず、穏やかな口調で続ける。

「殿下は、あなたを守れないのなら、この王宮から出そうとお思いなのです。もちろん、これまで他者を蹴落とそうとする令嬢同士のいざこざはありましたが、殿下は一切かかわりを持たず、そのうち何もしなくても離宮から人影は消えていきました。そんな殿下があえてあなただけを『帰す』と言及なさったのです。あなたの身の安全が最優先だとお考えなのでしょうが、それだけではありません」

「……ほかにも何か……？」

フィラーナが首を傾げると、レドリーはひと息ついたのち、静かに口を開いた。

「はい。殿下は恐れていらっしゃるのだと思います。そばに置き続けることで、あなたが特別な存在になってしまう……手放せなくなる日が来ることに。ですから今ならまだ間に合う、と」

「えっ……」

『特別な存在』という響きに、自身も気づかずにいた感情が大きく揺れ始め、胸の奥が落ち着かなくなる。だが、すぐにこの感情を素直に受け止めることを躊躇してしまった。これはあくまで近しい者の見解であって、当の本人からの直接的な言葉ではないのだから。

複雑な表情を浮かべたまま黙り込んでしまったフィラーナに、レドリーは申し訳なさそうに眉尻を下げる。

「突然こんな話をしてしまい、混乱させてしまったことをお詫びします。ですが、フィラーナ様にはこれまでここに来た令嬢の方々にはない何かを私は感じております。もし、あなたに離れられたら殿下は二度と女性に心を開くことはないでしょう。フィラーナ様、どうかこれからも殿下のおそばにいていただけないでしょうか？」

言い終えると同時にレドリーは頭を垂れた。慌てたフィラーナがいくら顔を上げるように言っても、レドリーは体勢を戻そうとしない。フィラーナは当惑するしかなかったが、おそらく十歳以上は下の自分に向けられた彼の真摯な姿勢に、臣下の域を超えたふたりの繋がりを感じた。

「……レドリー様が殿下を大切に思っていらっしゃるお気持ちは伝わりました。ですが、このままでは私はお断りするほかありません」

沈黙を破り発せられたフィラーナの声の中に、レドリーは失望の音を感じ取った。ハッとして顔を上げると、まっすぐに向けられた彼女の水色の瞳には影が差し、表情は凍ってしまいそうなほど固い。

「私は殿下の愛妾になることはできません。殿下はお妃はいらないとおっしゃっているのですから、たとえおそばに置いていただけるとしても、それは婚姻関係を結ばない愛妾として、でしょう？　レドリー様は私に愛妾の道を要求なさるのですか？」

「愛妾……？　とんでもない、それは違います！」

目を見開き、レドリーは焦ったように首を横に振る。

「誤解を招く言い方になってしまったのでしたら心からお詫びいたします。しかし、私はフィラーナ様を軽んじて申し上げたのではありません。あなたこそ殿下に相応しいお方だと思ったからです」

「ならばお聞かせ願いますか？　……殿下はいずれこの国の皇帝となられます。その血統を後世に残すことも皇帝としての大切な務めのはずです。ですが、殿下はお妃はいらないとおっしゃっています。なぜなのですか？」

フィラーナは思ったことを素直に一気に述べると、相手の出方を待った。

ここ数日でフィラーナの心境も変化した。ウォルフレッドの印象もずいぶん好ましいものとなりはしたが、よくわからない理由で振り回されてもかまわないと思えるまでには至っていない。ウォルフレッドの気質上、本人から簡単に聞き出せそうもない。ならば、第一の側近なら何か知っているかもしれないと踏んだのだ。

「それは……」

レドリーはうつむきかけたが、すぐに顔を上げた。

「申し訳ありませんが、私の口からお答えするわけにはまいりません。それに実のところ、私も殿下のお考えをすべて把握しているわけでもないのです」

やはり、簡単には教えてくれそうもない。ならば、こちらからもうひと押ししてみよう、とフィラーナは思った。

「私は、殿下のお母上のことが関係しているのではないかと思っているのですが、違うのでしょうか？」

かなり踏み込んだうえに失礼な問いかけであるのは百も承知で、フィラーナは強気に出た。曖昧な状況にもかかわらず、これからもウォルフレッドのそばにいてほしいと要求されるのなら、その対価として、こちらとしても知りたいことを教えてもらいたい。

レドリーは真顔でじっとフィラーナの瞳を見据えていたが、やがて何かを感じ取ったように口の端を持ち上げた。

「なるほど……交渉というわけですね。なかなか気概のあるご令嬢だ。殿下がお認めになるはずです。……いいでしょう、その質問だけならば正直にお答えします。残念ながら、それは違います」

「えっ……」

かなり自信があっただけにフィラーナは拍子抜けしてしまった。ポカンとする彼女を見て、レドリーが穏やかに微笑む。

「今はそれだけしかお答えできませんが。しかし、なぜそうお思いになったのです？」

「以前、テレンス殿下が殿下に放ったお言葉が気になりました。殿下のお母上を『戦利品の女』と。殿下は平気な表情で、本当のことだとおっしゃっていましたが、実はとても気にされているのではないかと心配になりました」

隠しても意味がないので、フィラーナも素直に答えた。

「ああ、庭での出来事ですね。ユアンから聞きました。弟はテレンス殿下の物言いにひどく怒っていましたよ」

「はい、私もとても嫌な気分になりましたし……って、レドリー様とユアン様はご兄弟なんですか⁉」

初めて知る事実にフィラーナが軽く衝撃を受けていると、レドリーはおかしそうに軽く頷いた。

「話を戻しますが、単に事実として申し上げるならば、お母上のことは殿下のおっしゃる通りです。フィラーナ様は殿下のお母上について何か耳にされたことはありませんか？」

「……申し訳ございません、私、社交の場にほとんど出向いたことがないので……こう言ってはなんですが、皇族や貴族の情報にとても疎いのです」

自分の無知を恥じるような口調のフィラーナに、レドリーが穏やかな視線を送る。

「では少しだけお教えしましょう。フィラーナ様は、イルザートという国名をご存知ですか？」

フィラーナは、子供の頃に習った地理の知識を引っ張り出す。

「確か……数十年前このスフォルツァ帝国の北西に位置していた国ですよね？　もう地図には載っていませんが」

「ええ、その通りです。そして殿下のお母上は、そのイルザート王国における最後の王女様なのです」

「えっ……王女様……？」

フィラーナは驚いて目を見張った。側妃ということで、自分のような一介の貴族出身者を思い描いていたが、まさか一国の姫君だったとは。

「イルザート王国は、農作地帯が国土の大半を占める穏やかな風土の小国で、長年我が国とは友好関係にありました。しかし三十年ほど前、王の急逝によりその地位を継承した若い王は好戦的な性格で、隣接する国々との衝突が絶えませんでした。和平条約を一方的に破棄し、我が国へと進軍してきたのです」

北の荒野で両軍は激突したが、圧倒的な軍事力の差からイルザート軍はすぐに敗走。若き新王はあっけなく討ち死にし、多くの兵士も犠牲となった。王の戦死を早馬で知らされたその家族や側近たちは、捕虜になることを恐れて、すでに王宮内で自害していた。

これによりイルザート王家の血は絶たれたと思われていたが、その中にひとりだけまだ息のある若い娘がいた。それは戦死した王の異母妹で、スフォルツァ陣営の軍医による懸命な治療が施された。その甲斐あって、王女は一命を取りとめたが、意識が戻らないまま帝都レアンヴールへ運ばれた。

「数日後に目覚めた時、王女様は混乱し、気が動転して手のつけられない状態だったと聞いています。それもそのはずです、眠っている間に敵国の城に連れてこられ、自分だけが生き残ってしまったことを知らされたのですから」

国が滅び、帰る場所のない王女は次第におとなしくなったが、脱け殻のように生きる気力を失くしてしまった。

「捕虜になったと思い込んで、自分自身の存在を呪ってしまっていたのでしょう。陛下はそんな彼女を気にかけ、何度も足を運ばれたそうです」

そんな日々が一年ほど続き、王女のここでの暮らしを確立するために、皇帝は彼女を妻として迎えることを決めたのだった。ただし、すでに正妻である皇妃がいたため、一国の王女としては相応しくない側妃の地位しか、残されていなかったのである。

「亡国の王女であるため彼女には頼りとなる後ろ盾がありませんでした。そこで君命により、長きにわたり皇帝一家と親交のあるバルフォア公爵家の当時の主——私の祖父の養女となったのです」

「そうだったんですか……そんなことが……」

フィラーナは、テレンスが口にした『戦利品』という言葉の意味をやっと理解した。敗戦国の王女や姫が相手国に連行され、見初められて皇族や貴族と婚姻する、もしくはそれを強要されるという話は聞いたことがあるが、どこか遠い国の出来事のようで、今まで現実のものとして捉えたことはなかった。

「王女様は、お幸せだったのでしょうか……？」

「おふたりの間に明確な愛が育まれていたのかどうかは、我々には計り知ることはできません。ですが、御子を身ごもったことで王女様は、穏やかな日々を送られていたと聞いております。きっと運命を受け入れ、新たな命とともに生きる希望を見出されていたのでしょう。しかし……」

レドリーの表情が少し曇る。

「取り巻く環境が目まぐるしく変化し、心身ともにお疲れだったのかもしれません。出産直後、体調を崩された王女様は回復することのないまま、半年後お亡くなりになりました。ですので、殿下はお母上の温もりを覚えていらっしゃらないのです」

物悲しい空気が部屋全体を包み、フィラーナは胸の奥がぎゅっと締めつけられる苦しさに見舞われた。

「それでは殿下は、とても寂しい思いをされてきたのですね……」

フィラーナはうつむき、膝の上に視線を落とす。知らず知らずのうちに、ウォルフレッドと自分を重ね合わせていた。自分も幼くして母を亡くし、寂しくて寂しくてたまらなくて、夜になると泣きながら母を呼び続け、屋敷の中を徘徊《はいかい》していた。

「それがですね、そうでもないようなんです」

「えっ……？」

レドリーの予期せぬ返事に、フィラーナは反射的に顔を上げ、キョトンとした表情で首を傾げる。

「先にお話ししましたように、我が家はお母上の義理の実家ですので、私や弟は、小さい頃から親族として殿下と過ごす時間が多くありました。殿下は昔からあんな感じで……あまり表情を表に出さず、尊大かと思えば淡々としていて、子供らしくないというか……。私も気になって聞いてみたんです。寂しいのに無理をしていないか、と。今思い出すと大変恥ずかしいのですが、私も子供でしたし、なんとか年上らしく振る舞いたくて背伸びしようとしていたのでしょう」

苦笑いをしながら、レドリーが額に手を当てる。

「すると、突然目を吊り上げた殿下に『余計なお世話だ』と、思い切り頭突きを食らわされました。本人によると、最初からいないので寂しいとかよくわからないのだそうです。『それなのに勝手に気の毒に思われて迷惑だ』と。強がりかとも思いましたが、言われてみればそうなのかと納得しました。『だけどお前やユアンがいなくなったら寂しい。だから、どこかに行ったら承知しない』とおっしゃったことは、今でも忘れません」

レドリーは懐かしむように、口元をフッと綻ばせた。

「王宮内には幼い殿下のことを、自ら破滅を導いた愚かな王家の末裔《まつえい》、と異端視する輩も少なからずいましたし、母親の愛情を受けられなかった孤独な皇子、と哀れみの目を向ける者もいました。しかし、それに対してはというと、殿下のそばにお仕えする者たちが常に気をもむだけで、当の本人は意に介していないご様子でした」

そんなこと、あるのだろうかと、フィラーナはますます不思議に思う。

「ええ。全く気にならないことはないと思いますが、まあ、強いて言うなら蚊に刺された程度でしょうか。おそらく殿下にとって、それらは単なる事実にすぎず、ご自分の感情や意思には、なんの影響ももたらさないのです」

次の瞬間、目元を引きしめたレドリーが言葉を続ける。

「殿下は生まれながらにして、皇太子の地位を約束されていたわけではありませんでした。並大抵の努力ではここでは生き残れない。殿下はそれを幼くして感じ取っていたので、後ろを見る発想すらなかったのでしょう。自分の存在意義は自分自身が決める、と。殿下は、ご自分の出生や境遇を悲観することも卑下することもなく、常に前を見て進んでこられたのです。ですが——」

眼鏡越しに、真剣な眼差しがフィラーナに向けられた。

「どんなに強い人間でも走り続けるためには休息は欠かせません。フィラーナ様には殿下の心安らげる場所になっていただけたらと……。私の願いはそれだけです」

フィラーナが即答できず困っていると、レドリーは穏やかな笑みを浮かべて立ち上がった。

「長居してしまい、申し訳ございませんでした。そろそろお暇《いとま》いたします。ゆっくり考えていただいて結構です」

深々と頭を下げると、彼は扉へ向かう。

フィラーナは、その背中に呼びかけた。

「あの……レドリー様」

「はい、なんでしょう」

レドリーが歩みを止めて振り向く。

「私なんかが殿下の〝休息の場〟になり得るのでしょうか？　だって私、殿下によく『跳ねっ返り』とか『お転婆』とか言われるんですけど……。癒しなら、もっと落ち着いた女性のほうが……」

真面目な顔で尋ねるフィラーナを見て、レドリーは柔らかい笑みをこぼす。

「ご心配なさらず。それは殿下のフィラーナ様への愛情表現ですよ。不器用な方なので言い方に歪みが生じるのです。帰郷の件についてはは先延ばしにしていただけるよう、殿下に進言しておきます」

レドリーは再び丁寧に一礼すると、退室した。

抱擁と切り裂かれたドレス

「じゃあ、あなたのほうから調査打ち切りを申し出たの？」

窓からの風が白い繊細なレースのカーテンを優しく揺らす中、フィラーナと向かい合うかたちでソファに腰を下ろした黒髪の令嬢が、目を丸くして尋ねた。

「ええ、だってそれ以上の追跡は意味がないもの。ルイーズ、あなただってそう思うでしょ？」

フィラーナは諭すように穏やかな笑みを浮かべて、メリッサの淹れてくれた紅茶のカップに口をつける。

廊下の異物遺棄事件から五日が経過。午前中にレドリーの訪問があり、フィラーナは現時点での調査報告を受けた。

事件後、ひとりの衛兵と下働きの女が行方をくらませているのが判明。すぐにふたりを追ったが、すでに足取りはつかめなくなっていたという。

それを聞き、フィラーナはその場で調査の打ち切りを願い出た。レドリーは驚いた表情を見せながらも、『ではそのように計らいます』と静かに部屋をあとにした。

（厳重警備の目をかいくぐって、仕事を終えたら暗いうちに王宮を出たのよ。騒ぎが発覚した時には、もうかなり遠くへ行ってしまってるわ）

これ以上は労力の無駄であると判断したのだ。それに、たかがいたずら程度のことでそこまでしてもらうとなると、逆にフィラーナのほうが恐縮して居たたまれない。

「そう……それじゃあ、フィラーナの気持ちも落ち着いたのね。安心したわ」

ルイーズも微笑んで、目の前のテーブルに置かれたカップに手を伸ばした。

事件の翌日から、ルイーズはフィラーナのことを気にかけ、毎日のように部屋を訪ねてくれていた。そんな彼女の優しさにフィラーナも嬉しくなり、今では気軽に名前を呼び合うほどの仲に進展している。

「でも油断しないほうがいいわ。フィラーナのこと、最大のライバルだと思って嫉妬に燃えてる人は、次にどんな手でくるかわからないから」

ルイーズはカップを置き、少し前かがみになると声を潜めた。彼女の言う『嫉妬に燃えてる人』がミラベルだということはフィラーナにも察しがついている。一昨日、廊下でミラベルとすれ違った際、敵意剥き出しの眼差しを向けられた。そのわかりやすい自己顕示欲と女王様気質は、ある意味清々しいが、辟易させられる場合が多い。

それに、今回のことは証拠がないので下手に追及もできない。

「そういえばルイーズ、前から気になってたんだけど……ミラベルさんとはよく知った仲なの？」

その頬が微かにピクリと動いたのを見て、フィラーナは「ごめんなさい、言いたくなかったらいいんだけど」とつけ加えた。

ルイーズは苦笑いしながら首を横に振る。

「いいのよ。そうね……そんなに仲がいいわけじゃないけど、小さい頃から知ってるわ。親同士が知り合いで、お茶会なんかの集まりがあると、ミラベルのお屋敷によく招かれたの」

少し遠い目をして、ルイーズは静かに言葉を続けた。

「うちは貧乏男爵家で私自身も地味で冴えないけど、ミラベルの家は大金持ちで本人も美人で明るくて、いつも皆の中心にいたわ。だから彼女、今回も自分こそがお妃に選ばれるべきだ、って意気込んでたのよ。まさか、自分より美人なフィラーナがやって来るなんて、思ってもみなかったんじゃないかしら」

「えっ、私なんて垢抜《あかぬ》けてない、ただの田舎娘よ？」

「フィラーナは自分の魅力に気づいていないのね。あなたは着飾らなくても内面から輝きが溢れてるわ。……実は私、ミラベルよりも……いいえ、ほかのどの令嬢よりも

と思ってしまう。

フィラーナが皇太子妃に相応しい、って思ってるもの」

ルイーズは瞳に優しい色を宿して微笑む。フィラーナからすれば、淑やかで奥ゆかしい、そして落ち着いた雰囲気を持つルイーズのほうが、皇太子妃に相応しいのではと思ってしまう。

「私はルイーズみたいな大人の女性に憧れるわ。同い年とは思えないくらい……って、私が子供すぎるのね」

そこでふと湧いた疑問を、フィラーナは口にした。

「ねえ、ルイーズはどうして私に皇太子妃の座をすすめるの？　言ってみれば、ここにいるのは皆ライバルでしょう？　ルイーズだって、お妃に選ばれることが目標じゃないの？」

するとルイーズの肩がビクッと揺れ、穏やかさを保ったまま、表情が固まる。

「あ、ごめんなさい、私さっきから余計なこと聞きすぎよね……」

フィラーナが遠慮がちに視線を送ると、ルイーズはハッとしたように微笑みを取り戻した。

「……いいえ、フィラーナの感じたことはもっともよ。謝るのは私のほうだわ。私、ズルい人間なの。自分のためにも、フィラーナが皇太子妃に選ばれてほしい、って思ってしまったもの」

「それって……もしかしてルイーズも乗り気じゃないのに、王宮に呼ばれたの？」

「え……ルイーズも、っていうことはフィラーナも？」

ふたりとも目を丸くして無言のまま見つめ合っていたが、そのうち互いにおかしくなり、プッと吹き出してしまった。

「ルイーズもそうだったのね。ちょっとびっくりしたけど、同じように考えている人がいて気が抜けちゃった。あなたには白状するわ。ズルいのは私も同じよ。誰かが早く皇太子妃に選ばれたらいいのに。そうしたら私は帰郷できるから、って思ってたわ」

「誰か待っている人がいるの？ ……例えば、好きな殿方とか」

やや深刻そうに眉根を寄せるルイーズに、フィラーナは首を横に振りながら、あっけらかんとした笑顔を向ける。

「そうじゃないの。でも大切な人というなら……兄がいるわ。私、できれば一生兄のそばにいて、力になりたいって思ってるの。でもそれは無理だから、せめて領地の近い貴族のもとに嫁げたらいいな、って」

「そうなの……。フィラーナはお兄様思いなのね」

「……兄のことは大好きよ。でも……」

そうすることで罪の意識から逃れようとしている……。

無意識のうちにうつむき、暗い思考の渦に呑み込まれそうになったのを、フィラーナは顔を上げて振り切った。心配そうなルイーズの視線に「なんでもないわ」と、慌てて笑顔を作る。

「ルイーズはどうなの？　誰にも言わないから、よかったら話してくれない？　誰か想いを寄せている方がいるの？」

すると、ルイーズの頬が一瞬で赤みを帯びた。

その可愛らしい反応に、フィラーナも頬を緩ませ、「え、どなたなの？」と、つい身を乗り出す。優しくて清らかなルイーズの想い人ならば、きっと誠実で心温かい人なのだろう。

「昔からの知り合い？　どこかの貴族のご子息？」

「いいえ、お会いしたのは一年ほど前よ。でも、私のことなんか気にもとめていらっしゃらないと思うわ。だって……私のような下級貴族にとっては上流どころか、雲の上のような存在だもの……」

（雲の上？）

フィラーナは首を傾げる。上流階級より上には、皇族しかいない。

（皇太子殿下は除外されるから……まさか……⁉）

ハッと一瞬で顔を強張らせ、フィラーナは勢いよく立ち上がった。

「ダメよ、ルイーズ！　いくら皇族だからって心を奪われちゃいけないわ！」

「ど、どうしたの……？」

驚きで何度も瞬きを繰り返すルイーズの返事を待たずに、フィラーナは導き出した結論を口に出す。

「だって、テレンス殿下でしょう⁉」

「ええっ⁉」

ルイーズも慌ててソファから腰を浮かせた。

「確かに、顔もよくて背も高くて、優しい雰囲気だけど、女は自分の思い通りになるって信じてる女好きよ？　ああ、このままじゃルイーズが、あの人の毒牙にかかってしまうわ！」

「ちょっと、違うわよ、テレンス殿下じゃないわ」

「そうなる前に私がルイーズを守らなきゃ……って……え、違うの……？」

だとしたら、該当するのはあとひとり。

「もしかして、セオドール殿下……？」

小声での問いかけに、ルイーズは恥ずかしそうにコクリと頷く。

「ええーっ⁉」

フィラーナは驚愕のあまり叫び声をあげたが、すぐに口を手で覆った。そのまま動けなくなっていたところを、少し困惑したような微笑みを浮かべたルイーズに着席を促される。

「ごめんなさい、大声出して……」

「いいのよ。驚くのが普通だもの。だけど、フィラーナに打ち明けられてよかったわ」

「でも、セオドール殿下はまだ十三歳よね？」

「年下の男性に惹かれるなんて、おかしいと思うでしょ？　私も最初は戸惑ったわ。でも、この気持ちは本物なの」

ルイーズの話によると、出会ったのは一年前の〝光降祭〟の時だという。光降祭とは、春の訪れを祝って二年に一度催される祭りで、帝国各地で行われる。特に、帝都の祭りは華麗で、花びらが絶えず舞い上がり、昼夜を問わず街の通りは出店で溢れ、大道芸人の演芸に人々の心も踊りだす。

その時期に、王宮主催の夜会に招待され、ルイーズも家族で出向いた。だが、そうそうたる名家の集う空気に気圧され、居場所を見つけられないまま、庭園の一角に逃げ込んだ。

「どうせなら王宮の噴水を見に行こうと自分に言い訳をして、私は大広間から抜け出したの。そうしたら、そこにひとり先客がいて……それが、セオドール殿下だったの。初めてお目にかかるから、どなたか存じ上げなかったけど、お話しして、すぐに殿下だとわかったわ」

セオドールも夜会は初めての経験だったらしく、大人たちの会話や慣れない香水の匂いに息苦しくなり、噴水のそばで休憩していたのだという。似た者同士のふたりは意気投合し、時を忘れて語り合った。

「殿下は私を下級貴族だからって見下したりせず、丁寧に、対等に話してくださったわ。その優しい誠実な雰囲気にとても救われて、いつまでもそばにいたかったくらい。その時は〝いい思い出〟で終わったと思っていたんだけど、今回王宮に入る時、遠くから偶然セオドール殿下の姿が見えて……急に胸のあたりが苦しくなって……」

「恋だって、気づいたのね？」

「ええ」

胸の前で両手を握りしめたルイーズが、深く頷く。恋を告白したルイーズの顔は明るく輝いて見えて、フィラーナは口元を綻ばせた。

「わかるわ、私も胸が苦しく――」

言いかけたところで、頭の中にウォルフレッドの顔が浮かんだことに気づき、パタッと言葉を切る。

（わかるわ、って何……？　私、何を言おうとしたの……？）

考えるのを中断しようと、フィラーナは首を左右に振った。今はルイーズの話に集中しなきゃ、と頬を軽く叩き、気持ちを入れ替える。

「セオドール殿下なら、私もここに来て偶然お会いしたことがあるわ。とても優しくて素敵な方ね。あ、でも私はセオドール殿下にそれ以上の気持ちは持ってないから安心して。何かあったらいつでも相談に乗るから」

「ありがとう」

穏やかに微笑むルイーズの横に並んで座るセオドールの姿を、フィラーナは想像してみた。あと五年も経てば、セオドールも見目麗しい立派な若者に成長するだろう。

その時、ルイーズは二十二歳になっていて、気品溢れる淑女としての輝きは一層増しているはずだ。そんなふたりが手を取り合っていても、なんの違和感も生じない。

「フィラーナはどこで殿下に会ったの？」

「ああ、それはね、この離宮と王宮本館を繋ぐ森があって、殿下は時々鳥を写生しに足を運ばれているみたいなの。それがいつとはわからないけど、今度一緒に行ってみましょう。足元が少し汚れるかもしれないけど」

「それは大丈夫。高価な服や靴は持ち合わせていないから。ありがとう、きっとよ。私、フィラーナの恋も応援してるから」

「え、私、恋なんてしてないけど……」

「何言ってるの。さっき、『わかるわ』って言ってたでしょ？　私が聞き逃すと思って？　そのうちでいいから、どなたなのか教えてね」

ルイーズがいたずらっぽく微笑む。詳しく聞いてこないあたり、何か勘づいているのではないだろうか。

「そ……そんなこと言ったかしら？」

フィラーナはそうごまかすのがやっとで、さりげなく視線を宙にさまよわせたが、結局返す言葉は見つからなかった。

ルイーズが帰ったあと、フィラーナは窓際の椅子に座り、橙色《だいだい》に染まりかけた薄い雲を眺めていた。

年頃の若い娘らしく、友人の恋の話を具体的に聞いたのは初めてのことだ。それによって、自分の中に芽生え始めている想いに、無意識に反応してしまうなんて――。

（私、恋なんて自分には縁遠いと思ってたけど……）

ふう、と小さく息をつく。

ウォルフレッドとは、あのキスをされた事件以来、会っていない。メリッサの話によると、今、地方を視察中で王宮には戻っていないのだという。そのため、帰郷命令をまだ言い渡されていない。レドリーの働きかけもあってのことだろうが……。

（護衛の件も殿下の優しさだって、今ならわかるのに。なんであんな言い方しちゃったのかしら……）

次に会う時は、謝罪と礼、どちらを先に言うべきか。でも、向こうは怒っていて相手にしてもらえないかもしれないと思うと、どうしていいのかわからなくなる。

そろそろ風が出てきたので閉めようと、窓に手を伸ばしかけた時、メリッサが慌ただしく入室してきた。

「あ、メリッサ。もう夕食の時間なのね」

「フィラーナ様、今、耳にしたのですが」

メリッサは質問に答えず、近づいてきた。その深刻な表情に、フィラーナの胸中に不安が募っていく。

「殿下のご一行が、視察の道中で何者かの襲撃を受けられたそうです。殿下も落馬で怪我をされたとの知らせが──」

言葉の途中でメリッサの視界から、フィラーナが消えた。振り返ると、すでに扉に向かって駆け出しているフィラーナの後ろ姿が見える。

「フィラーナ様⁉」

その背中に向けてメリッサが咄嗟に声をかけたが、フィラーナは振り向かず扉を大きく開け放ち、廊下へ飛び出した。

淑女としての振る舞いなど、彼女の頭の中からは消えていた。ドレスを持ち上げながら、美しい大理石の階段を一気に駆け下りる。フィラーナはそのまま速度を緩めることなく、回廊を走り抜け、ふたりの衛兵によって守られている離宮の出口の前にたどり着いた。

「お願いです、ここを通してください！」

「え……しかし……」

急に走り込んできた令嬢の懇願に、衛兵たちは当惑し、互いの顔を見合わせた。だが、すぐに表情を引きしめ、背筋を伸ばす。

「申し訳ありませんが、許可が下りていないと、ここをお通しするわけにはまいりま

「それはあとで私が謝ります! お願いします、一大事なんです!」

「申し訳ありません、まずは許可をお取りになっていただかないことには」

衛兵たちは強固な姿勢を崩さない。彼らも王宮の警備規律に従わなければ、厳しい罰が待っているのだ。

このままでは埒が明かない。フィラーナは、駆け足で離宮の回廊へと戻った。王宮に行くためには庭園に出て、あの森を突っ切るしかない。

フィラーナが勢いよく庭園に足を踏み入れた時、誰かに腕を強くつかまれた。

驚いて振り返ると、心配そうな表情を浮かべたメリッサがすぐ後ろに立っている。

「フィラーナ様、どちらへ行かれるおつもりですか⁉」

「お……お会いしなきゃ……殿下に……ここを出て、王宮に……早く行かないと……」

フィラーナは虚ろな瞳で、たどたどしく言葉を紡ぐ。

メリッサがよく見ると、その顔は血の気が引いたように青白く、身体も小刻みに震えている。ハツラツとしている普段の姿とはかけ離れた様子に、メリッサは即座に明らかな異変を感じ取ったが、ここはあえて冷静な口調で語りかけた。

「おひとりで行かれて、どうするのです？　離宮から出られたことのないフィラーナ様では、殿下が王宮のどこにいらっしゃるのか、おわかりではないでしょう？　無数にある部屋をひとつひとつ開けて、探されるおつもりなのですか？」

「……あ……」

　メリッサの指摘に落ち着きを取り戻したのか、フィラーナの焦点が次第に合い、身体の震えも止まっていく。

「それも……そうね……。ごめんなさい、いきなり取り乱して」

「殿下のご容態がご心配なのはわかります。レドリー様に一度、面会が可能かどうか、私がお聞きしてみますね。ひとまず、お部屋に戻りましょう」

　メリッサに優しく促され、フィラーナは何度か頷くと、身体を支えられながらゆっくりと自室に向かって歩きだした。


　王宮仕えには、男女様々な仕事や役割がある。夜明け前から動きだすのは、女中など下働きの女たちで、まだ皆が寝静まっている間に、無人の大広間や廊下などの掃除を音もたてずに行う。貴人の部屋などは決められた侍従や侍女が掃除を受け持つが、それ以外、いわば共有の場の清掃は、女中たちに課せられた重要な仕事のひとつである。離宮に関してもそれは同じだった。

やがて、仕事を済ませた女中たちが、列をなして衛兵の横を通り過ぎ、離宮から王宮本館へと戻っていく。その最後尾に、やや緊張ぎみに背中を丸めながら、木桶《きおけ》を抱えて歩く新人らしき若い娘の姿があった。皆と同じ、くすんだ茶色のお仕着せに、埃《ほこり》よけの同系色のスカーフで髪の毛をすっぽりと覆っている。

離宮を出て本館に入り、使用人用の長い廊下を進んでいたが、その娘はひとつ目の角で曲がり、音もなく列を抜けた。薄暗い中、木桶を床にそっと置き、安堵したように胸を撫で下ろす。

「フィラーナ様」

すぐそばで名前を呼ばれ、娘の肩がビクッと跳ねた。振り返ると、近衛騎士団の黒い騎士服に身を包んだ茶褐色の髪色の若者が立っている。服の色が周囲と同化していて、すぐには気づかなかったのだ。

「ユアン様、おはようございます」

「兄の指示でお迎えに上がりました。こちらへ」

踵を返して先に進むユアンのあとに、フィラーナも静かについていった。

フィラーナがレドリーからウォルフレッドの様子について聞かされたのは、襲撃事件から丸一日経過した、昨日の夕刻のことである。

『お命に別状はありません。ですが、困ったことになりまして』

『やはり、どこかお怪我を……?』

心配したフィラーナは眉根を寄せた。兄の事故を近くで見ていたので、落馬の衝撃と痛みは相当なものだと身に染みてわかっている。

『いいえ、お怪我もたいしたことはありません。しばらくは動けないでしょうけれど』

『そうですか……よかった……』

『ですが、今は誰ともお会いになりたくないそうです。……特にフィラーナ様には』

『え?』

ウォルフレッドの容態が安定していると聞き、一旦気持ちが明るくなったフィラーナだったが、続くレドリーの言葉に、一気に奈落の底まで突き落とされた。返す言葉もなく、うなだれる彼女に、レドリーは穏やかな眼差しを向ける。

『あなた付きの侍女から、昨日のあなたの様子について聞きました。何か事情がおありなのでしょう。あなたのためにも、私としては即刻、殿下に会わせて差し上げたいところです。しかし、陛下や殿下の許可がなければ、まだ候補者にすぎないご令嬢を、勝手に離宮から王宮本館へお招きすることができません。そして、殿下は決してこちらにお渡りにはならないでしょう』

『私はどうすれば……』

『殿下のお心が変わるまで、お待ちいただくしかありません。襲撃の首謀者もまだ捕まっていませんから』

『そう……ですか……』

危険な目に遭ったウォルフレッドの心中を考えれば、今は誰とも顔を合わせたくないと思うのは当然のことなのかもしれない。だが、このまま会えない日々がいつまで続くのだろうと思うと、胸の奥が苦しくなる。ひと目でいいから元気な顔を見たい。そして、できることなら、この前のことを謝りたい。

『どうしても会えませんか？』

『残念ながら、今は手段がありません』

『……令嬢でなければいいのですか？』

『え？』

『私が、ここの使用人だったら、外に出られますか？』

夜明け前の薄暗い廊下を、はぐれないようにユアンの後ろについて足早に進む。

この計画を聞いて、レドリーは当然の如く難色を示したが、「すべての責任は私が負います」と迫るフィラーナの熱意に、渋々首を縦に振った。そして、待ち合わせの場所を決めて、そこにユアンを迎えに寄こすことを約束してくれた。このお仕着せを用意してくれたメリッサは、まるで今から冒険に出る者に対するようにフィラーナを激励してくれた。

掃除女中に紛れるといっても、機会を見計らって物陰から出て最後にその列にさりげなく加わっただけなのだが、まさかこの中に変装した令嬢がいるとは衛兵も気づかず、なんとか欺くことができたのは幸運の極みだ。

いくつか途中で階段を上り下りし、廊下を幾度となく曲がり、気づけば明るい場所に出ていた。石造りの壁にうがたれた窓からは朝日が差し込み、フィラーナはわずかに目を細める。

「ここは我々騎士団の営舎の一角です。本来なら女人禁制なのですが、騎士団長には話を通してあります」

宮殿内ではなく、なぜ騎士団の営舎に?と首を傾げていると、とある部屋の前でユアンが止まった。ノックのあと入室をすすめられ、フィラーナは戸惑いながら足を踏み入れる。

「ようこそ、無事においでくださいました。その格好、よくお似合いですよ」

少しからかうような口ぶりで優しく出迎えてくれたのは、扉近くに立っていたレドリーだった。

「レドリー様、このたびはありがとうございます」

「さあ、中へ」

「はい」

女人禁制の営舎で女性の声が響いてはいけない。小声でのやり取りののち、フィラーナはレドリーが促したほうへ視線を向けた。

部屋は広く明るく、白い壁に朝の陽光が柔らかく反射している。簡素だがいくつかの重厚そうな調度品に、ソファとテーブル。そして、窓際には執務机のようなものが置かれていて、ひとりの長身の男性がこちらを背にして、やや前かがみの姿勢で立っていた。何か机に広げて覗き込んでいるようにも見える。

ダークブラウンの髪が、朝日を浴びて琥珀色に変化しているように見えるのは目の錯覚なのか。

「殿下……！」

フィラーナは思わずその背中に向かって、叫んでいた。

ウォルフレッドが驚いたように振り返り、扉付近に立つ若い女中を視界に捉える。

「誰だ……?」

訝しげな視線を送っていたウォルフレッドだったが、すぐにその正体に気づき、その緑の双眸を大きく見開く。

「お前っ、フィ――」

「殿下、ご無事だったんですね⁉ 立てるくらいに回復されたんですね!」

フィラーナは嬉しさのあまり、満面の笑みでウォルフレッドのもとに駆け寄った。

一方のウォルフレッドは状況が呑み込めず、説明を求めるように素早くレドリーへ視線を送ったが、意味ありげな彼の笑みで事の次第を悟り、〝有能な補佐官〟を容赦なく睨みつける。

そしてフィラーナの横をすり抜け、近くのソファにわざとらしく音をたてて、尊大な態度で座ってみせた。

「お前、俺にあんなことをされてまだ残っているとは、よほど神経の太い女なんだな。とっくに出ていったと思っていたぞ。それと、俺のことでレドリーに何を吹き込まれたかは知らないが、お前がそれに応じる必要は微塵も――」

そこで、ウォルフレッドは言葉を失った。

フィラーナが、その大きな瞳から惜しげもなくポロポロと大粒の涙を流しているのだ。言いすぎたか、と焦ったウォルフレッドが言葉を探していると、ようやくレドリーが口を開いた。

「ああ、殿下がそんな突き放すような言い方をなさるから……。フィラーナ様は殿下のことが心配で、お咎めや罰を覚悟のうえで離宮を出られて、殿下に会いに来られたのですよ？」

側近の責めるような口ぶりに、さすがにウォルフレッドも居たたまれなくなって、急いで立ち上がる。

「おい、泣くな。……悪かった」

「……いいえ、そうではありません……。殿下の意地悪な言葉が聞けて、お元気なのがわかって、いつもの殿下だと思うと安心して……」

次々と溢れてくる涙を手で拭いながら、眉を下げて微笑むフィラーナに、ウォルフレッドは不機嫌さと戸惑いを露にして、少しの間絶句した。

「……なんだ、それは……。褒められてるのか、けなされてるのか、どっちだ。お前の中で、俺は一体どんな人間なんだ……」

語尾がため息交じりになる。

ふたりのやり取りを聞いて、噴き出しそうになったのはレドリーだ。

「いやぁ、あなた方は面白いですね。ではあとはおふたりで。フィラーナ様、のちほどお迎えにあがります」

「あ、でしたら私も戻ります。これ以上、お手を煩わせるにはいきませんし。それに、殿下のお顔を見られただけで満足ですから」

「待て」

出口に向かいかけたフィラーナの腕を、ウォルフレッドがつかんだ。

「俺は満足していない」

驚いて彼女が向き直っている間に、レドリーは部屋から姿を消した。

ウォルフレッドは彼女の腕を離すと、ソファに座り直し、自分の左脇を指差す。

「とりあえず、ここに座れ」

フィラーナは躊躇したが、ひとりでは帰り道がわからず、たちまち迷子になってしまうのは必然だ。仕方なく、言われた通りに腰を下ろす。

彼女を引き止めた当の本人は、無言のまま腕組みをしながらソファに身体を預けている。一瞬、横にチラリと視線を寄こしたものの、すぐに正面の壁のほうを向いてしまった。

考え事をしているのか、怒っているのか。その端正な横顔は、相変わらず感情を読み取らせてはくれない。

(レドリー様の話から、寝込んでらっしゃると思ってたけど、ちゃんとご自分で立たれていたし、どういうこと……？)

落馬したという情報は事実だろう。では、目の前の人物は、本当はどこか具合が悪いのに無理をしているのではないだろうか。

心配のあまり、わずかな異変も見逃すまいと、フィラーナがまじまじとその横顔を見つめていると、ウォルフレッドがようやく首の向きを変えて、彼女を視界に捉えた。

「どうした。俺の顔に何かついているか？」

「あ、いいえ、そういうわけでは……。あの、殿下、お身体は……動かれて、もうよろしいのですか？　レドリー様のお話では、殿下はしばらく動けないと。申し訳ありません、大変な時に来てしまって……」

「まったくだ」

手短な、かつ冷淡な返答に、フィラーナは返す言葉もなく、口をつぐむ。

(そういえば、殿下は私に会いたくないとおっしゃってたんだっけ……。私が反抗的な態度を取ったこと、きっとすごく怒ってらっしゃるんだわ)

叱責するために、自分だけここに残るように言われたのだ。だが、それも覚悟のうえだったので、フィラーナはうつむいて静かにウォルフレッドの言葉を待つ。

「レドリーが大袈裟なだけだ。まぁ、あいつからすると、俺にはもう少し自室でおとなしく安静にしていてほしかったのが本音だろう」

フィラーナは少し驚いて顔を上げた。ウォルフレッドの口から出たのは自分を咎める言葉ではなく、単に質問の返答だった。口調も落ち着いていて、別段怒っているようには感じない。

「それに、落馬とは少し違う。俺が自ら落ちた」

「えっ？」

思いがけない発言に、フィラーナは思わず目を見張る。

「その顔だと、詳しくは聞かされてないみたいだな。いきなり俺たちの隊列に矢が射かけられて、それに驚いた馬に振り落とされそうになったんだ。そこで咄嗟に受け身の体勢を取って自分から地面に落ちた。馬が止まっていたこともあって、怪我は最小限に抑えられたが、はたから見た者は、俺が振り落とされたように見えただろうな」

「それで、お怪我の具合は……？」

「かすり傷だけだ。もうなんともない」

ウォルフレッドは、心配そうに顔を覗き込んでくるフィラーナから視線を外すと、ぶっきらぼうに答えた。

「ですが、お身体は落ちた衝撃を少なからず受けています。せめてもう少しお休みになられては……」

「休息なら昨日、強制的に取らされた。だから今朝は早くからここに出向き、捕縛した者への取り調べなどの報告を聞いて、今後の対策を考えていたところだ。……お前が現れたことで中断したが」

「……それは、失礼しました」

フィラーナは縮こまって、深く頭を下げた。心配だからと彼のもとへ押しかけたのは自己満足にすぎず、仕事の邪魔をしてしまったと急に恥ずかしくなった。

「……お邪魔をして申し訳ありませんでした。私はこれで失礼いたします。離宮までの帰り道は、どなたかにお聞きしますので――」

立ち上がろうと腰を浮かせたフィラーナの腕を、突然ウォルフレッドがつかみ、引き寄せる。その反動で、再びソファに身体が沈んだ。

驚いて横を見ると、ウォルフレッドの真剣な眼差しと視線がぶつかる。

「お前……そんな格好までして、なぜ俺のところに来た？」

「それは、殿下のことが心配で……」

「俺はお前に心配してもらえるような男じゃない。……この間のこと、お前は怒っていないのか？」

「そっ、それはっ……」

襲撃事件の動揺で、すっかり忘れていた『この間のこと』の記憶が蘇り、一瞬にしてフィラーナの頬が熱を帯びた。しかし、それを悟られるのが恥ずかしくて、慌ててそっぽを向き、努めて冷静な口調で返す。

「びっくりしましたけど、あれは私も悪かったと思ってます。殿下のご親切を踏みにじるような言い方をしてしまいましたから……。それに、せっかく殿下のご無事な姿を見られたのに怒ったりしたら、それこそ天罰が下ってしまいます」

膝の上にある布を手繰り寄せ、意味もなく握ったり離したりを繰り返すフィラーナの姿を、ウォルフレッドはしばらくじっと見つめていたが、おもむろに手を伸ばし、彼女の細い肩を力強く抱き寄せた。

フィラーナが「あ……」と小さな驚きの声をあげたのは、すでにウォルフレッドの腕に包まれたあとだった。意味がわからず、もがいてみたが、鍛えられた逞しい身体はフィラーナごときの抵抗ではびくともしない。

「……俺のいない間、お前が俺を許せず帰郷していたとしても、むしろそれでよかったのだと、納得する心づもりでいた。それなのに、帰った時にお前がいなかったらと思うと、なんとも言えない気持ちだった。……お前との面会を望まなかったのは、顔を見てしまうと、これまでの信念が揺らぎそうだったからだ」

「あの、殿下……」

消え入るような声がフィラーナの耳に届く。

いつもの尊大で口の悪いウォルフレッドの印象からはかけ離れた声色に、フィラーナは戸惑いを隠し切れず、抵抗することも忘れてしまった。

感じるのは、上昇していく自分の体温と、早鐘を打ち始める鼓動。自分でもどうしていいかわからず、そのままじっとしていると、ウォルフレッドが少し身体を離し、フィラーナの顎に指をかけ、そっと上向かせた。

緑の瞳から注がれる視線が、まっすぐにフィラーナを捉えて離さない。その瞳の奥に宿る熱を垣間見た瞬間、フィラーナは身体の芯が疼くような感覚に陥った。

ウォルフレッドの端正な顔がゆっくり近づいてくる。フィラーナは抗うことができず、ぎゅっと瞳を閉じた。

――だが。しばらく経っても何も起こらない。やがて身体が解放されたことを感じ、フィラーナは恐る恐る目を開くと、ウォルフレッドがソファから立ち上がるところだった。

「喉が渇いた。ここには水しかないが、取ってくる」

「あ、でしたら私が……」

「いい。お前はしばらく休んでいろ」

顔も見ずに告げると、ウォルフレッドは続きの部屋へ入っていった。

ひとりソファに座ったままのフィラーナは、恥ずかしさのあまり、両手で顔を覆う。

(嫌だわ、私、何か期待してたみたいで……)

だが、身体を包まれた温もりは、確かに優しい感覚として残っている。

フィラーナは人知れず、フッと柔らかい笑みをこぼした。


数日後。

朝食を終えたフィラーナはルイーズを伴って、離宮と王宮本館を繋ぐあの森に足を踏み入れていた。

目的は、以前に交わしたルイーズとの約束。今日は朝から晴天に恵まれ風も穏やかで、こんな絶好の写生日和には必ずセオドールもここを訪れると、確信にも似た勘が働いたからだ。

フィラーナは若草色、ルイーズは黄みの強い緑と、森の中で目立ちにくく、かつ周囲に馴染みやすい色のドレスに身を包み、あたりを見回しながら歩を進める。

「本当に静かな場所なのね。とても落ち着くわ」

ルイーズが感慨深げに呟けば、フィラーナが笑顔で応える。

「この前は確かこの辺で……あ、あれはもしかして」

しばらく進むとフィラーナの視線の先に、少年らしき背中が見えた。しきりに木の枝を見上げては、うつむいて手を動かすことを繰り返している。木漏れ日に照らされた艶やかな金髪が、時折サラサラと緩やかな風になびいている。

「間違いないわ、セオドール殿下よ。私の勘が当たったわ」

「本当？　じゃあ、近づいてみましょう」

「何言ってるの、ルイーズ。ここからはあなたひとりで行かなきゃ」

「えっ……⁉」

絶句するルイーズの背を、フィラーナは微笑みながら優しく押した。

「だって、ふたりで出向いたら、何事かと殿下に驚かれてしまうわ」

「でも……私のことなんて覚えていらっしゃらないかも……」

ルイーズは困惑したように眉尻を下げたが、フィラーナは勇気づけるように強く頷いてみせる。

「それだったら、きっかけ作りとして昔話から始めてもいいじゃない。殿下も思い出してくださって、話が弾むかもしれないわ」

少しの間、黙っていたルイーズだったが、やがて意を決したように両手を胸の前でしっかりと組み合わせた。

「……そ、そうね。フィラーナに案内してもらってここまで来たんだもの。頑張ってみるわ。でも、お邪魔にならないタイミングは私に任せてもらえるかしら？」

「ええ、もちろんよ。それじゃあ、私は少し離れておくわね」

フィラーナは笑顔で友人に手を振ると、その場をあとにした。

来た道をゆっくりと引き返す。立ち止まって振り向くと、ルイーズの姿はすでに消えていた。

憧れの人に少しずつ近づいていこうとする彼女の勇気をたたえながら、フィラーナは自分もいつか、ウォルフレッドとこの森を散策し、穏やかな時間を過ごしたいと思った。

数日前、変装してウォルフレッドに会いに行った時のことは記憶に新しい。飲み水を取りに部屋を出て、しばらくして戻ってきた彼は水の入ったグラスをフィラーナに手渡したあと、こう言った。

『俺が妃を迎えないと言っている理由を、いつかお前に話す。こんな俺でも、もしお前が――』

その時、扉がノックされ、ウォルフレッドは言葉を断ち切ってしまった。現れたのはユアンで、そろそろ時間だと告げる。彼の次の予定を思慮し、フィラーナはそのまま案内係によって離宮に戻ったのだった。

ウォルフレッドは何を伝えたかったのだろう。

そして、彼の抱えている信念とは、一体なんなのか。

物思いにふけりながら、草を踏みしめて進んでいた時だった。

「ごきげんよう、フィラーナさん」

すぐ近くで、自分に向けられた若い女性の声を聞いた。

「ええ、ごきげんよう」

ぼんやりとしていたフィラーナは、生返事をしたまま歩みを止めない。すると、その声の主がイラ立ちを露にして、フィラーナの行く手を阻んだ。

「ちょっと！　そのまま行こうとするなんて失礼じゃなくて？」

「……あっ、ミラベルさん」

スッと目の前に現れた人物に驚いて、立ち止まると同時にフィラーナの肩がビクッと揺れた。いつの間にか離宮の庭近くまで戻ってきていて、貯水池と納屋とおぼしきあの木の小屋がすぐそばにある。

かつて嫌がらせをしてきた相手に、フィラーナはぎこちない微笑みを浮かべた。

「ええと、いつからいらしたの？　気づかなくてごめんなさい、私、それどころじゃなくて……。こんな場所で会うとは思わなかったわ」

フィラーナの発言を『あら、あなたなんか眼中にないわよ』と解釈したのか、自分の存在を無視されかけたミラベルが己の自尊心を傷つけられたのは確かなようだ。美しいが気の強そうな吊りぎみの目が、強い光を放つ。

「あなたとルイーズが森に入っていくのが見えたから、ここで待っていたのよ。ほら、私ってあなた方と違って、綺麗な場所しか好まないから、これ以上は進めなかったの。ところで、ルイーズはいないの？」

「え、ええ、彼女なら少しあたりを散歩しているわ」

フィラーナは適当にごまかしたが、心配せずともミラベルはもとから関心がなかったようだ。

「あらそう。まあ、あの子のことはどうでもいいわ。フィラーナさん、あなたに聞きたいことがあるんだけど、ちょっとよろしいかしら？」

ええ、とフィラーナが頷くと、ミラベルは納屋のほうへと進んでいく。

「中で話しましょう」

納屋の扉をフィラーナが開けると、中にいたのは自分と同じ年ほどのふたりの少女だった。同じ離宮で生活を送っている候補者たちで、名前は確かエイミーとコリーンだった……と思う。

最後にミラベルも中に入ったところで、麦の穂に似た髪色のエイミーが扉を閉める。まるでミラベルの侍女みたい、とフィラーナは思ったが、余計なことは口に出さないようにした。

「フィラーナさん、あなたどういう手を使って、皇太子様にお近づきになったの？私たちにも教えてくださらない？」

「どういう手、って……何もしてないわ」

「とぼけないで。殿下と仲良くお散歩してたり、お花を贈られたりしてたじゃない」

キョトンとするフィラーナに、イラ立ったミラベルが詰め寄る。その背後で、赤茶色のクセ毛のコリーンが、ミラベルに賛同するように強く頷いていた。

どうやら、三人でフィラーナを目の敵にしているようだが、あれは散歩ではなく、たまたま離宮まで送ってもらっていただけだ。それに、花を贈られたそもそもの要因は、ミラベルにある。

(嫌がらせをしてきたのはそっちなのに、どの口が言っているのよ)

フィラーナは不快感を露にし、ミラベルと同じ空気を吸っていることさえ嫌になってきた。

「ミラベルさん、私にこんなことを聞くより、ご自分の心をお磨きになったほうがよっぽど時間を有意義に使えるし、淑女として正しい行いが身につくと思うわ」

「まあ、どういう意味⁉」

核心をついた辛辣な発言が、ミラベルのイラ立ちを怒りへと変える。だが、フィラーナは意に介せず、三人の間をすり抜けて出口に向かおうとした。

「ま、待ちなさいよ！」

フィラーナの腕をエイミーがつかむ。すると、コリーンがもう片方の腕を強く引っ張った。

次の瞬間、フィラーナは麻袋のようなものを頭から被せられ、いきなり視界を奪われてしまった。袋を取ろうともがいても、両腕をそれぞれ渾身の力で押さえられているので、一切自由がきかない。「何するの!」と、懸命に頭を前に傾けて首を振るが、袋は型にはまったかのように取れる気配がなかった。

それに気を取られているうちに、両腕を後ろに回されたかと思うと、そのまま縄のようなもので手首をぐるぐると縛られ、足も同様の扱いを受け、床に転がされる。

「フン、生意気な女ね。あなたなんかおとなしく田舎の片隅で暮らしてればいいのよ」

ジョキッ……。

ミラベルの本性が剥き出しになり、その意地悪な声とともに、何かが切られていく音がフィラーナの耳に入る。

ジョキッ……、ジョキッ……。

その不気味な音はすぐ近くから聞こえ、フィラーナは今まさに自分のドレスがハサミで切られていることを理解した。

「やめて!」と再び叫んで、身体をどうにか起こそうともがくが、自由を奪われた今、どうすることもできない。

「私、ドレスが切られるところなんて、初めて見るわ」

「でも、なんだか面白そうね」

ハサミを持たないふたりの令嬢も含み笑いをしながら、ミラベルが作った切れ目から、素手でビリビリとドレスを裂いていく。

「まあ、こんなところかしらね」

どれくらい時間が経過したのか、やがてハサミの音がやみ、ミラベルの満足げな声が響いた。

「早く着替えないと風邪を引いてしまうわよ。まあ、そんな格好で出歩けるはずもないでしょうけど。でも、さすがにこのままじゃ何もできないわね。それはかわいそうだから、手首の縄はほどいてあげるわ」

その宣言通り、縄が切られた。フィラーナが床に手をついて上体を起こしている間に、ミラベル含め三人の令嬢は悠々と出口の扉へと向かっていく。

「あなたの泣き顔なんて見たくないから、私たちはもう行くわね。それじゃあ、健闘を祈ってるわ」

ミラベルはクスッと小さな笑いを残し、あとのふたりを従えるようにして納屋を出ていった。

フィラーナは自由になった手で、頭に被せられた麻袋を取り払い、大きく息を吸う。

視界にまず飛び込んできたのは、かつてドレスの一部であったボロボロの布の破片と、それを縁取っていたレースや飾りリボンの残骸。身体に残る布はわずかで、ほぼコルセットとペチコートという下着姿の状態だ。

いつもはドレスに隠されている、豊かな胸の谷間と滑らかな肌が露になっている。床はもともと土だらけだったので、白かったコルセットと下着も薄茶色へと変貌を遂げてしまっていた。

（どういう環境で育ったら、あんな凶暴な性格になるのかしら……）

最初は、脅すだけでフィラーナが泣き寝入りをすると考えていたのかもしれない。しかし万が一、彼女が楯突いたら、ドレスを切って脅してやろうと裁ちバサミを用意していたのだろう。

フィラーナは納屋の壁の隙間から吹き込んできた風に少し身震いすると、足を拘束している縄を解き始めた。次に立ち上がって、身体についた土埃を払う。

職人たちが真心込めて作ってくれたドレスがこんな有り様になってしまい、申し訳なさと悲しさが込み上げてくる。しかし悲嘆に暮れ、誰かに発見されるのをただ待っているような娘ではなかった。ミラベルの思惑は大きく外れたといえる。

まずは、このあられもない格好をなんとかしなければ。このまま外に出たとしても、離宮を巡回する衛兵に見られでもしたら、それこそ未婚の貴族令嬢としては一大事だ。

フィラーナはぐるりと納屋の中を見渡した。やはり庭園を管理するための小屋らしく、手入れ道具などが壁にところ狭しと置かれている。その端に作りつけの棚を見つけ、フィラーナは近づいてみた。たまに庭師がここで着替えをするのだろうか、そこには、質素だがきちんと洗濯のされた木綿のシャツと、焦げ茶色のズボンがある。

(申し訳ないけど、ちょっと拝借しよう。あとでちゃんと洗って返すから)

ズボンをはく際に邪魔になるペチコートは脱ぎ捨て、フィラーナはコルセットの上から素早くそれらを身につけた。男物なので身体に合わなかったが、不満を言っている場合ではない。シャツをズボンの中に入れても腰の部分が余るので、ずり落ちないように縄を腰に巻きつけ、固定する。しかし、靴はどうしようもなかったため、ドレス用の自分の靴を履いて、外に出た。

(あ、ルイーズ……あれからどうなったかしら?)

自分に突如降りかかった災難で忘れてしまったが、彼女は今もセオドールと一緒にいるのだろうか。フィラーナは少し様子を見に行くために、離宮ではなく森の奥へと足早に進んだ。

先ほど、ルイーズと別れた地点に戻り、首をめぐらせるが、木陰に入ってしまっているのか、ふたりの姿はここからでは確認できない。さらに探し続けて進むうち、フィラーナはいつの間にか王宮本館の庭園近くに来てしまっていた。

もしかしたら、ルイーズは先に戻ったのかもしれない。それならば自分も早く帰ろう、と踵を返す直前、たまたま現れた見回りの衛兵と目が合ってしまった。

「おい、そこの！」

衛兵が急いで駆けてきて、フィラーナの腕をつかんだ。

「怪しいヤツ、ここで何をしていた？」

「あ、いいえ、違います。私は離宮に集められている皇太子殿下の、お妃候補のひとりです」

「候補者？　見え透いた嘘を言うな。貴族のご令嬢が、お前のような薄汚い格好をしているわけがないだろう」

「本当です、これには理由があって……皇太子様かレドリー様に会わせていただければ、わかります」

「何、恐れ多くも殿下に拝謁したいだと⁉」

フィラーナをもとから不審者だと決めつけている衛兵に、彼女の話は通じない。すると、騒ぎを耳にしたほかの見回り衛兵がひとり、こちらに向かってきた。

「どうした……なんだ、この女は」

「それがこのあたりをうろついていた怪しいヤツで、自分を皇太子殿下のお妃候補者だとか、血迷ったことを抜かすんだ」

「ん？　よく見ろ、こいつ、貴族の婦人用の靴を履いてるぞ。どこかで盗んだのか？」

「ちょっと、こっちに来い」

「な、何、待って、どこへ連れていくの⁉」

挟まれたふたりの衛兵に腕を引っ張られ、フィラーナは王宮のどこかへと力づくで連行されていく。

「おい、その女はなんだ？」

壁に沿って、ひとつ目の角を曲がった時だった。向こうからやって来た人物が、衛兵に声をかける。

「こ、これは、テレンス殿下！」

衛兵たちは、フィラーナの腕をつかんだまま、頭を深く垂れる。

（え、テレンス殿下⁉　もう、なんでこんな時に……）

フィラーナは視線を下に落とし、なるべく彼と目を合わせないようにした。

相変わらず派手な刺繍入りの上衣を纏ったテレンスは、舐め回すようにフィラーナの全身を眺めていたが、ゆっくり近づくと彼女の顎を強引につかみ、無理やり正面を向かせた。

「ほう、こんなところで……。おい、お前たち、このご令嬢から手を離せ。皇太子殿下のお妃候補のひとりだぞ」

「え、本当に⁉」

「こ、これは大変失礼いたしました！」

衛兵たちは弾かれたようにフィラーナから腕を離すと、腰を折り曲げ、頭を下げる。

「ここは私に任せて、お前たちは持ち場に戻れ」

「はっ」

テレンスに軽く睨まれ、衛兵たちは慌てて駆け出していき、姿を消した。

（助かった……）

何はともあれ、テレンスのおかげでおかしなことにならずに済んだ。フィラーナも深く頭を下げ、礼を述べる。

「殿下、助けていただいて、ありがとうございました」

「いいえ、困っているご婦人を助けるのは私の使命ですから。何があったかはわかりませんが、ひとまず、その服装をなんとかしないといけないでしょう。衣装部屋へ案内しますよ」

テレンスは人の好さそうな穏やかな笑みを浮かべて、さりげなくフィラーナの腰に手を回し、歩き始めた。

ウォルフレッドに同じことをされてもなんともなかったのに、今は背中を虫が這い回っているかのような嫌悪感に襲われている。嫌な予感しかしない、とフィラーナは歩みを止め、テレンスの腕からさりげなく逃れ、再び深くお辞儀をした。

「いえ、このまま来た道を戻ります。お気遣い、ありがとうございました」

「……助けたのに、それだけで終わりとは、寂しいものですね」

テレンスは急にフィラーナの手を引っ張ると、再び腰に手を這わせ、強引に抱き寄せた。

「な、なんですか……！」

「特別に礼のひとつでも、いただきたいものですね。例えば、あなたのその可愛らしい唇とか」

テレンスは態度を一変させ、その瞳に欲情の色を浮かべた。フィラーナは顔を背け、身体を離そうと腕を精一杯突っ張ってみせる。

「殿下は、助けた女性にいつもこのようなことを⁉」

「まさか。もっと段階を踏みますよ。でも、今は違う。どこに行ったかは知らないが、ウォルフレッドは朝早くから出かけている。胸糞悪いあの男のお気に入りの女を好きにできる機会を、やすやすと逃すとでも思っているのか」

「なっ……！」

「恨むなら、あの死に損ないを恨め」

テレンスはもてあそぶように、フィラーナの耳に、ふぅっ、と息を吹きかけた。

「何するんですか！」

怒りと軽蔑で、フィラーナの目が思い切り見開かれる。

難癖《なんくせ》をつけられてドレスは破かれ、盗人に間違えられ、見境のない好色漢に狙われる。……今日は悪魔にでも魅入られてしまった日なのか。

（私は今、ものすごく虫の居どころが悪いのよっ！）

フィラーナは力の限り、かつ容赦なく、テレンスのすねを蹴り飛ばした。

「くぅっ……‼」

想定外の反撃を受けたテレンスは激痛に顔をしかめ、負傷部分を手で押さえてしゃがみ込む。身体が自由になり、フィラーナは一目散に走りだした。

「お前、このままじゃ済まさんぞ……！　だ、誰か、あの女を捕らえろ……！　必ず私の前に引きずり出せ‼」

甲高いテレンスの叫び声に応じ、背後で衛兵が集結する気配がした。今度捕まれば助けの来ない部屋に連れ込まれ、悲惨な結末となるだろう。

フィラーナは必死に走り続けた。

テレンスの言葉が正しければ、この前のようにウォルフレッドは助けには現れない。自分の力で、この状況を打開しなくてはならないのだ。

王宮本館の構造には全くの無知であるため、どこをどう走ったのかわからない。気づけば薄暗い森の中から、明るい太陽の下に出ていた。このままでは、見つかってしまうと警戒し、近くの物陰にサッと身を潜める。

そこから周囲を窺うと、どうやら王宮の搬入口のようだ。幌《ほろ》のかかった荷馬車が停まっており、恰幅《かっぷく》のいい四十代くらいの男ふたりが荷台から三、四個ほど樽《たる》を降ろして手押し車に載せ、王宮のほうへと運んでいくのが見えた。

誰もいなくなり静寂が訪れたのも束の間、王宮内部から衛兵らしき靴音がいくつも重なるように響き、慌ただしくこちらに近づいてくる。

フィラーナは咄嗟に、近くに置かれていたいくつかの樽の蓋を開けて、中身がないものを見つけた。急いでその中に潜り込んで、再び蓋を載せる。

バタバタと靴音が通り過ぎるのを息を殺してやり過ごしていると、遠くで人の声が聞こえた。どうやら衛兵が、先ほどの手押し車で樽を運んでいた男たちに、怪しい者を見なかったかと尋ねているようだ。男たちは知らないと答えたのか、やがて衛兵たちが立ち去っていく気配を感じた。

あとは荷馬車が出発して男たちがいなくなるのを待ち、そっとここから出よう。そう考えていたのだが、戻ってきた男たちがフィラーナの周りの樽を動かすような音が耳に入った。耳を澄まし、それが荷台に樽を積み込んでいる作業の音だと確信する。

ここで樽の中から出ていく考えも頭をよぎったが、男たちは先ほど衛兵の尋問を受けたばかり。自分を皇太子の婚約者候補の令嬢だと言い張る怪しげな小娘の言葉など信じず、むしろ匿《かくま》ったことで罰せられるのを恐れ、衛兵に突き出すはずだ。そうしてテレンス殿下のもとに連れられた自分は、誰もいない部屋で興奮した獣から執拗な罰を受けることに……。

フィラーナは身震いした。

(嫌よ、ウォルフレッド殿下以外の男性に触れられるのは!)

湧き上がる感情を、フィラーナはもう否定しなかった。

次にどうするかを考えている間にも、次々と樽が運び込まれていく。そして、いよいよ自分が入っている樽に手がかけられた。ぐらり、と身体が大きく揺れる。狭く不安定な空間の中でなんとか四肢を支え、口をしっかり閉じて声が出ないように努めた。

もともと、フィラーナと同じ体重ほどのものが入っていたのか、男たちは不審がる様子もなく、黙々と作業を続けていく。

蓋をそっと持ち上げ様子を窺っていると、ひとりが御者台に座って手綱を取り、もうひとりは荷台に乗り込んできた。こちらに背を向けて座ったものの、このままでは身動きが取れない。ふたりとも御者台に座ったタイミングでそっと出ていこうというフィラーナの考えは、もろくも崩れ去ってしまう。

やがて、馬が地面を蹴る蹄の音とともに、ゆっくりと荷馬車の車輪が回り始めた。

侯爵令嬢の城外放浪

　フィラーナを乗せた荷馬車が、レアンヴールの城下町を進んでいく。町の喧騒が耳に入ってくるが、樽から出られない状況にある今、自分がどのような場所にいるのか確認する術がない。

　荷馬車の速度がやや緩やかになり、フィラーナは再び蓋を持ち上げて、あたりを窺った。荷台に座る男が大口を開けて眠りこけている。御者台の男は前を向いていて、今のところ振り返る様子もない。

　慎重に立ち上がり、外した蓋を樽の横に置いたフィラーナは、音をたてないよう樽から出た。音をたてないよう靴を手に持ち、眠る男の前を忍び足で通る。荷台の後方にたどり着くと、石畳の地面との距離を目測した。

　飛び降りられない高さではない。だが、それなりの速度は出ているし、何しろ石畳の路面は固い。打ちどころが悪ければ命にかかわる。

　フィラーナがやや躊躇していたその時、いななきとともに馬が急停止し、荷台が大きく揺れた。その反動で、荷台から身を乗り出していた彼女は外に放り出されてしまった。

（痛……っ！）

視界が傾いた瞬間、咄嗟に上半身をひねったため顔面から落下するのは免れたが、肩から背中にかけて衝撃が走った。だが幸いなことに、本能的に頭を上げたので意識ははっきりしている。

「お、おい、なんだっ」

「いや、急に猫が飛び出してきて……」

びっくりして目を覚ました荷台の男と、御者のやり取りが聞こえる。彼らが何事もなかったように再び荷馬車を走らせるのを、フィラーナは安堵して見送った。

「おい、大丈夫か？」

自分にかけられた声だとわかり、フィラーナはゆっくりと首を巡らせる。視界に映し出されたのは、自分と同じ年頃の琥珀色の髪をした若者だった。ほかにも、集まってきた多くの人々の視線が自分に注がれている。

「もしかして、あの馬車から落とされたのかい？」

「ちょっと待っとけ、止めてきてやるから」

その中のひとりの言葉に反応して、フィラーナは慌てて上体を起こす。

「いえ、違います。私がここで降りたいと言ったので、ちょうどよかったんです。私なら大丈夫ですから」

素早く立ち上がり、人目を避けるようにしてフィラーナは歩きだした。

初めは衝撃の余韻で身体がよろめきそうになったが、そのうち徐々に調子が戻っていくのを感じる。

(私ってば、意外とタフね……。こんな令嬢、ほかにいないかも)

自嘲ぎみな笑みを浮かべながら顔を上げれば、煉瓦や石造りの建物の間から、小高い丘にそびえる荘厳な王宮が見えた。つい先ほどまであの場所にいたのに、今は馴染みのない街にたったひとりで放り出されてしまったなんて、にわかには信じられなかった。

(ウォルフレッド殿下……)

心細い、とはまさにこのことだ。

(ダメよ、こんなことで弱気になっちゃ。私らしくもない)

思わず気が滅入りそうになり、フィラーナはぶんぶんと首を横に振った。

荷馬車から転げ出た娘が平気そうに歩いているので、集まっていた人々も少しずつ散らばって、通りは日常の姿を取り戻す。

（どうにかして、王宮に戻らないと……。でも、どうやって？）

フィラーナは顎に指を添えて、うーん、と思案する。

外出するにしても、いつも供の者を連れているような令嬢だったら、言い知れぬ孤独に怯え、たちどころに泣き崩れてしまっただろう。

だが、ひとりで港町を散策し、自力で顔見知りを増やしていった経験のある彼女は、肝が据わっている。

（町の警備隊の詰め所に行って保護してもらう？　だけど、この格好じゃ、また信じてもらえないわ……）

しかし、早くも行き詰まってしまった。そのうえ、足に異変を感じる。フィラーナは、通りの路地に適当な木箱を見つけると、そこに腰掛けて靴を脱いでみた。両足の小指が、少し赤みを帯びているのに初めて気づく。

爪先の細いドレス用の靴で、散々走り回ったせいなのは一目瞭然。とはいえ、靴なしでは歩けない。仕方なく再びそれに足を収めたが、意識した分、余計に痛みを感じ、思わず顔をしかめた。

うつむいたまま「ハァ……」と気の抜けたため息が出てしまう。

ウォルフレッドが言っていた『護衛』の大切さが、今さらながらに身に染みた。素直に彼の提案を受け入れていれば、ミラベルへの牽制になり、この一連の出来事を回避できたはずだと思うと、自分の甘さが情けない。

「お姉ちゃん、どうしたの？」

近くで子供の声が聞こえ、ふと顔を上げると、五歳ほどの小さな女の子と視線が合った。その傍らには、使い古された帽子を被った少し年上の少年が立っている。

「どこか痛いの？」

「違うよ、腹が減ってんだよ、きっと。見ればわかるだろ」

少女の質問に、少年がなぜか得意げに答える。

「いいえ、大丈夫よ。お気遣いありがとう」

小さな優しさに出会い、フィラーナは口元を綻ばせながら、尋ねてみた。

「この辺に、靴を置いているお店、あるかしら？」

すると、今度は少年が口を開く。

「姉ちゃん、もしかして足が痛いのか？　このあたりは大通りから少し離れてるから店はないけど、先生ならなんとかしてくれるかも」

「先生……？」

「うん、私たちの〝お父さん〟！」

女の子が太陽のように明るい笑顔を向けた。

子供たちに連れられてきたのは、通りの外れにある、そこそこ広い敷地に建てられた二階建ての木造家屋だった。老朽化がかなり進み、お世辞にも綺麗とは言いがたい。扉の蝶番《ちょうつがい》はギイギイ音をたてており、廊下の板張りもかなり脆《もろ》くなっている。

大きなテーブルの周りにいくつもの椅子が並ぶ部屋に通された。食堂だろうか。質素な木の椅子に腰掛けると、窓の向こうに広場で遊ぶ子供たちの姿が見えた。三歳から十歳くらいの少年と少女が十人ほど、無邪気な笑顔で走り回っている。

「お待たせしました」

背後から優しく響く声にハッとして立ち上がると、白髪交じりの男性がひとり、そこにいた。

「私はこの孤児院で院長をしております、エイブラムと申します」

エイブラムはフィラーナに着席を促すと、優しく微笑んだ。そうすると目元の皺が深くなり、より柔らかい印象を受ける。

「初めまして、フィラーナと申します。申し訳ありません、突然お邪魔しまして」

おずおずと頭を下げると、エイブラムはその瞳にさらに優しい光を宿して、持ってきた箱を空けた。中には、かかと部分が平らな、未使用とおぼしき茶色の布製の靴が入っている。

「以前、靴屋から売れ残った靴を何足か寄付してもらいましてね。しかしこれだけは、ここにいる子供たちには大きすぎて。でも捨てるのはもったいなくて、取っておいたんです。どうぞ、履いてみてください」

フィラーナは手に取って、そっと足を入れてみると、ちょうどいい大きさだった。窮屈だった指が解放されて、安らぎに包まれているようだ。

「ありがとうございます……！　今はお返しするものはないのですが……あ、ではせめてこれを引き換えに」

フィラーナは、それまで履いていたドレス用の靴の甲の部分を、エイブラムに指し示した。そこには装飾として、小さめのサファイアが左右ともにひとつずつあしらわれている。これを売れば、建物の修繕費用に少しは用立ててもらえるのではないだろうか。

しかしエイブラムは穏やかな笑みを浮かべて、それを制した。

「いいえ、お気持ちだけで結構ですよ。それに靴はタダですし、ずっと箱にしまわれているよりは、誰かの役に立てるほうがこの靴も本望でしょう」

エイブラムは親切にも、フィラーナがそれまで履いていた靴を麻布の袋に入れ、持たせてくれた。そして、ぐるりと壁から天井を見渡す。

「古くて驚いたでしょう。でももうじき改修工事が行われ、新しく生まれ変わるんです。以前は、どうしてもこういう施設の工事は後回しにされがちだったんですが、皇太子様の計らいで、診療所や孤児院などの施設の修繕費用の割合が増えまして」

「皇太子様が？」

「はい。次はうちの番なんです。それに、国からの補助金も以前より増えました。おかげで子供たちは飢えることなく過ごしています。いつかお礼を申し上げたいと思っているんですが、お目通りが叶うはずもなく、時々様子を見に来てくださる皇太子様の代理の方に、伝言をお願いしているんですが……」

「え……、代理の方？」

その時、突然食堂の扉がギイッと大きな音をたてて開かれた。琥珀色の髪を持つ二十歳前くらいの若者が、勢いよく走り込んでくる。

「先生、これ、子供たちに！」

彼は元気よく、白い紙包みをエイブラムに手渡した。焼き菓子の芳ばしい匂いが鼻を掠める。

「いつもありがとう、バート。でも、今日は大事な大会の日だろう？　時間は大丈夫かい？」

「今からでも充分間に合うよ。それじゃ……」

バートと呼ばれた少年は片手を挙げて立ち去ろうとしたところで、座っていたフィラーナと目が合う。

「あ、あなた……」

「君は、さっきの……」

お互いに、驚きで瞳を見開く。荷馬車から落ちた時、真っ先に駆けつけて声をかけてくれた、あの若者だった。

「知り合いだったのかい？」と尋ねるエイブラムに、バートは簡単に経緯を説明してから、次にフィラーナに人懐こそうな茶色の瞳を向けた。

「君、もう大丈夫なの？」

「ええ……さっきはどうもありがとう」

フィラーナが柔らかく微笑むと、バートはそわそわしながら、視線を逸らす。

「じゃあ、先生、俺行くよ。あいつの雄姿、あとで皆にも語って聞かせるから」

バートが足早に食堂を出ていくのを横目に見ながら、フィラーナはエイブラムに尋ねた。

「あの、大会ってなんですか？」

「ああ、数ヵ月に一度開催される剣術を競う大会ですよ。勝ち残って、さらに素質があれば王宮仕えの道が開かれるとあって、若者が多く集まるんです。時々、王宮から役人のお偉方も見学に来られるようで、参加者は皆、自分の力を披露しようと意気込んでいるんです」

（王宮から役人……）

フィラーナはハッとして椅子から立ち上がると、頭を深く下げた。

「院長先生、また改めてお礼に伺います。今日はこれで失礼します……！」

ヒール靴の入った麻袋を手に取り、急いで食堂を飛び出す。

「あの、バートさん！」

孤児院を出たところで、古びた鉄扉を抜けようとしていたバートに駆け寄った。

「今から、大会に行くんですか？」

「え、あ、うん。そうだけど……？」

「その大会って、もしかしたら皇太子様や騎士団の方がお見えになったりしますか？」

「んー……、さすがに皇太子様は無理だと思うけど、騎士団のうちの誰かは来るかもしれないな」

「そうなんですね！　あの、私にその場所を教えてもらえませんか？」

フィラーナがバートとともにやってきたのは、帝都の城壁近くにある、石造りの建物だった。行き方を尋ねてきたフィラーナに『ついでだから一緒に行こう』と、バートが案内してくれたのだった。

フィラーナがここに来たのにはちゃんとした理由がある。皇太子のウォルフレッドは現れないとしても、騎士のユアンに会えるかもしれない。可能性はかなり低いとは承知しているが、それに賭ける以外の方法を今は思いつかなかったのだ。

見物は自由らしく、外の広場には多くの人々が集まっていた。それに便乗するように露店が並び、祭りの賑わいを見せている。

バートに手招きされ、会場内部に続く石のアーチを潜れば、目の前に大きな円形闘技場が姿を現した。参加者が競い合う舞台近くの客席は人気で、埋まりつつある。

バートがなんとかふたり分の空きを見つけ、そこに腰掛けることができた。

ここに向かう道中、弟が今回出場するとバートから聞いた。十八歳のバートと十五歳の弟、ロニーは、ともにあの孤児院の出身。数年前からバートは市場で、ロニーは鍛冶職人見習いとして、それぞれ住み込みで働いている。だが、ロニーは幼い頃から騎士になりたいという夢があり、いくつになっても諦めないのだという。

才能があれば、身分や家柄に関係なく騎士として取り立てる機会を与える、という新しい制度を布《し》いたのも皇太子なのだと、フィラーナはバートの話で初めて知った。

闘技場内は屋根がないため、じっとしていると、強い日差しで次第に頭頂部が熱を帯びてくる。バートは肩にかけた荷物の中から大きめの茶色の布を出して、フィラーナに手渡してくれた。

「これ、よかったら頭から被るといいよ。君、肌の色白いし、焼けたら困るだろ？　……それにこんな野郎の多い場所だと目立つかもしれないから……綺麗だし……って、そうじゃなくて、か、髪の色が、さ」

途中からはよく聞き取れず、なぜバートの顔が少し赤くなっているのかわからないフィラーナだったが、彼の親切心はありがたく、快く布を受け取った。スカーフのように広げて頭全体を覆うと、確かにいくらか涼しい。

満席状態になった観客席の中には、女性も親子連れも目につく。友人か恋人か、またはバートのように家族の応援に駆けつけた者も多いだろう。

どこかにユアンがいないだろうか、と目をあちらこちらに走らせていた、その時──。

突然、どこからか強い視線を感じ、フィラーナの背筋に緊張感が走った。

この闘技場の観客席は、低い中央の舞台を中心にし、そこを階段状に取り囲む。その強い視線の主を求めて、顔を左右に動かすと、右手の観客席に座る男が、じっとこちらを見つめていることに気づいた。

その男は灰色の外套のフードを被っている。距離があるので顔立ちの詳細はわからないが、その奥から放たれている鋭い眼光は、はっきりと感じ取れた。

（誰なの……気味が悪いわ……）

しかし考えても仕方がないと、フィラーナはフイと視線を逸らすと、横に座るバートに、大会の形式について尋ねてみた。一対一の勝ち抜き戦で、優勝者のみがやっと騎士選考の段階に進めるという。

やがて一組目の参加者が舞台に現れ、会場の空気は歓声とともに一気に熱を帯びた。

この大会では真剣は使わず、剣をかたどった木製の武器が用いられる。

バートの弟、ロニーは第三試合に登場した。小柄な体格ながらも太刀筋は正確で、相手を圧倒していく。その後もロニーの快進撃は続き、いよいよ決勝戦まで勝ち上がった。

会場の熱気に当てられたフィラーナは、故郷で騎士団の面々と剣を交じえて鍛練した日々を思い出した。当初の目的を忘れ、試合にのめり込んでいく。

やがて、決勝戦。

相手はロニーより大柄な男で、力の差から剣が撃ち合うたびに、手に汗を握る展開が何度も訪れた。しかし、相手の攻撃を巧みにかわし、かなり疲れは見えたものの、ロニーはなんとか優勝を手にしたのだった。

判定が下された瞬間、会場はロニーをたたえる歓声で溢れる。

「あなたの弟、すごいわ、バート！」

フィラーナも興奮してバートの腕を揺さぶった。

「ああ、ついに、ロニーの夢が叶う！」

バートも喜びを噛みしめるように無意識にフィラーナの手を握りしめたが、すぐに慌ててパッと手を離した。そして、ごまかすように立ち上がり、ロニーに大手を振る。

「ロニー、お前は最高の弟だよ！」

彼の声に、周囲の観客も立ち上がり、ロニーに拍手を送った。

大会終了後もフィラーナは観客席付近を歩き、人ごみの中に知った顔がないか探していた。

騎士団の制服を着た男たちを数人確認することはできたが、その中にユアンの姿は見つからなかった。きっと王宮を出たウォルフレッドに随行して、ほかの任務に当たっているのだろう。

さほど期待はしていなかったとはいえ、表情に落胆の色を隠せないままフィラーナは階段を上り、やや重い足取りで出口へ向かう。

石のアーチを潜り、しばらく歩いていると、前方から駆け寄ってくるバートを視界に捉えた。

バートはロニーに会いに、先に控え室へと行っていたのだ。

「弟さんに祝福の言葉、言えた？」

「うん、ロニーは今、騎士団の方たちと次の選考の日取りなんかについて話を聞いてるよ。ロニーはこれまで六回挑戦して、やっとここまで来れたんだ。フィラーナが応援してくれたおかげだよ」

「そんな、私は何も。ロニーの努力の賜物よ」

「そんなことないよ。君といると、なんだか元気になれるんだ。勝利の女神だ……いや、なんでもない。それより、フィラーナの用事は？」

ややこしいことに巻き込みたくないという気持ちから、フィラーナはバートに素性も目的も話していない。

バートも彼女をわけありの家出娘だと思ったのか、詮索してこなかった。

「えっと……ここではもう済んだわ。これからどうしようか考えてるところ」

「そうか……。もし行き先に迷ってるなら、先生に相談してみるといいよ。しばらく置いてくれると思うし。そうしたら、俺もいつでも会いに行ける——」

「お取り込み中のところ、悪いな」

突然、野太い声が聞こえ、見知らぬ中年男がふたり、バートの背後から現れた。

バートはひとりの男に肩をつかまれると、振り向きざまに腹を殴られ、声も出せぬまま膝から崩れ落ちる。

「ちょっと、何するのよ……！」

フィラーナが慌ててバートのもとにしゃがみ込むと、男がバートから引き離すように彼女の腕を乱暴につかみ、ドンと突き飛ばした。

「うっ……！」

突然のことに体勢が取れないまま肩を地面に打ちつけ、フィラーナは小さな呻き声をあげた。馬車から落下した時の負傷部分が、再びズキズキと痛みだす。

男たちは、フィラーナとバートを見下ろしながら、苦々しく言い放った。

「俺たちは、お前の弟の対戦相手に賭けてたんだ。それなのに大損しちまった！」

「何よ、それ！　言いがかりじゃない！　神聖な選考の場で、賭け事なんてするほうが間違ってるわ！」

フィラーナが顔をしかめながら正論を述べると、そのうちのひとりが突然馬乗りになってきた。

「何するの、離れなさい！」

「冴えない野郎にしちゃ、上玉を連れてるじゃねぇか。このまま痛めつけりゃおとなしくなって、連れていきやすいかもな。気の強い女はわりと好みだぜ」

「やめろ、彼女には手を出すな！」

なんとか立ち上がって叫ぶバートの顔を、もうひとりの男が殴りつける。バートはよろめきながら、地面に片膝をついた。

「バート！」

「へへ、嬢ちゃん、他人より自分の心配をしたほうが……っ！」

次の瞬間、上に乗っていた中年男がフィラーナの視界から消えた。何者かの靴がその男の顔側面にめり込み、そのまま勢いよく吹っ飛ばされたのだ。

フィラーナが驚いて上体を起こすと、背の高い別の人物が視界に入った。今しがたの出来事に呆然と固まっているもうひとりの男のもとへ、悠然と向かっていくのが見える。

フードのついた灰色の外套。闘技場で鋭い視線を送ってきた、あの男に間違いない。

男は、バートの近くで突っ立っている中年男の胸ぐらをつかむと、右手でその顔面を強打した。殴られた男が気を失う前に、その腹にさらに一発、拳を叩き込む。

そして、フィラーナの上から蹴り飛ばされ、顔を手で押さえながら呻く男のところへ戻ると、無言のまま、今度はその顎を蹴り上げた。

あっという間の出来事に、フィラーナが唖然《あぜん》としていると、騒ぎを聞きつけた闘技場の管理者らしき男性と、数名の警備隊士が走ってこちらに向かってくるのが見えた。

フードの男は彼らに何か説明すると、中年男たちは警備隊士によって両脇を抱えられ、連行されていく。

フィラーナは急いでバートのもとに駆け寄った。

「バート、大丈夫⁉」

「ああ、なんとか……」

バートは額から血を流しているものの、意識はしっかりしているようで、フィラーナはひとまず安堵のため息をついた。

しかし、彼は申し訳なさそうに眉根を寄せる。

「ごめん、君まで巻き込んでしまって……」

「何言ってるの。あなたが謝る必要なんてないわ」

そんなやり取りを交わしているふたりのところに、フードの男が近づいてきた。

フィラーナは、急いで立ち上がり、深く頭を下げる。

「助けていただいて、ありがとうございました」

「……俺より先にお前の上に乗るとは、あの男、殺すべきだったな」

男の唇から、殺気立った不機嫌な呟きが漏れる。聞き覚えのある声だと気づき、フィラーナは反射的にその男の顔を見上げた。

通った鼻梁に、形のよい唇。

そして、フードの奥から覗くのは、思わず魅入られそうになる神秘的な緑の双眸。

(えっ……⁉)

驚愕のあまり、フィラーナの水色の瞳がみるみるうちに大きくなる。

「で、でで、殿下っ……?」

だがウォルフレッドは何も言わずに大きな手を伸ばし、フィラーナの口を塞いだ。

（どうして、ここに殿下が……⁉）

混乱しすぎて身体を動かすこともできず、フィラーナは目を見張ったまま彼を凝視していると、管理人の男性が駆け寄ってきて自分たちに何度も頭を下げる。

「お役人様のお手を煩わせてしまい、誠に申し訳ありません。以後気を引きしめて警備を強化いたしますので……」

（お役人……？）

フィラーナが改めて彼の服装を確認する。外套の下に、レドリーと同じ文官特有の深緑の上衣を着込んでいた。

「そのように頼む。治安の強化は国の発展に繋がると皇太子殿下もおっしゃっている。それと、怪我をした者の手当てを」

淡々とした口調でそう指摘された管理人は、バートを救護室へ案内しようとしたが、当人はたいした怪我ではないことを理由に断りを入れた。管理人は躊躇しながらも、そそくさとその場から引き上げた。

その後ろ姿が見えなくなったのを確認し、ウォルフレッドがフィラーナの口からやっと手を離した。

「手荒なことをして悪かったな」

「本当だよ、あんた、彼女のなんなんだ」

フィラーナの言葉を待たず、少しイラ立った口調でバートがウォルフレッドを睨む。不穏な空気を感じ、フィラーナは慌ててふたりの間に立った。

「バート、落ち着いて……」

するとすかさずウォルフレッドが口を開く。

「俺は、皇太子の側近の者だ。代理として、いつもこの大会を観覧している。お前はあの優勝者の身内の者か。なかなかいい試合だった。きちんと訓練を受ければ、才能はより開花するだろう。将来が楽しみだな」

「……えっと、まあ、そう言ってもらえると、嬉しいけど……。あ、フィラーナ、待って」

急に褒められ、勢いを削がれたバートは困惑したように指で頬をかいていたが、その隙に男がフィラーナの手を取り歩きだしたことに気づき、咄嗟に自分も彼女の片方の手を握った。

「なんだ」

動きを止められたウォルフレッドは、ジロリとバートに鋭い視線を放つ。

「あんたが偉い人なのはわかった。でもフィラーナとはどういう関係なんだ？」

「お前には関係ない」

「関係ないことはない。……もし、彼女があんたのところから逃げてきたんだったら、俺は見過ごすことはできない。彼女は美人だし、手放せないのはわかるけど。もし、ひどいことをしてたんだったら……」

バートの発言に、ウォルフレッドの眉がピクリと動く。

「逃げてきた……？　ひどいこととは？」

そして、その凍りそうな視線は次にフィラーナへと向けられた。彼女は思わず身体を硬直させる。

（もう、バート、誤解しすぎよ！）

これ以上、ふたりの会話を放っておくと、とんでもない方向に進んでしまう。フィラーナは慌ててバートのほうに向き直った。

「違うのよ、私は逃げてきたんじゃないの。この人は、私が今お世話になっているところの一番上の方で、バートが思ってるような危険な人じゃないのよ。詳しくは言えないんだけど、その場所から結果的に外に出されてしまっただけなの。だから私、彼に会えて今すごくホッとしてるわ」

フィラーナは明るい笑顔を向けた。それはバートが見た中で一番の輝きに溢れていて、彼女が心から安心していることが伝わってくる。

バートはしばらく黙っていたが、納得したような安堵の表情を浮かべた。

「そうか……。フィラーナは、この人のところに帰りたかったんだな。会えてよかったな」

「ええ。バートにはいろいろお世話になったわ。ありがとう。あ、これ、返さなきゃ」

フィラーナはスカーフのように頭を覆っていた布を取り外した。ふわりと風に広がる蜂蜜色の豊かな髪が、太陽の光を受けて美しく艶めいている。

その光に心奪われていたバートは、ハッと我に返ると布を受け取り、「弟を迎えに行くよ」と、笑顔で手を振って去っていった。

「行くぞ」

しばしの間バートの後ろ姿を見送っていたフィラーナの手を取り、再びウォルフレッドが歩きだす。

「あの……殿下、どうしてそんな格好を……?」

「説明はあとだ」

そのまま闘技場裏にある厩《うまや》に向かい、厩番が引いてきた馬にまず、フィラーナを乗せる。そして、ウォルフレッドは彼女の背後から腕を回して手綱を握った。

どこに向かうのかはわからないが、最も信頼できる男の温もりを背に感じながら、フィラーナは幸せに似たような安心感に包まれていた。

フィラーナが連れてこられたのは、中央の通りから入ったとある宿屋だった。規模はそれほど大きくないが清潔で、人も少ないせいか自然とくつろぎやすい雰囲気を漂わせている。

案内された居間のような一室で、ウォルフレッドは外套と深緑の上衣を脱ぎ、シャツ姿になると少し伸びをしてソファに腰掛けた。扉付近で突っ立っているフィラーナに隣に座るよう促す。

「あの、殿下、いろいろお聞きしたいことが……」

「奇遇だな。俺も今、同じ質問をしようとしていたところだ」

彼の視線が突き刺さるように痛い。勝手に王宮を出たことを咎めている眼差しだ。

「聞き出す前に、お前の疑問を先に晴らしてやるか」

その視線が少し和らぐ。

「港町の時と同じだ。国の情勢を実際にこの目で確かめたい時も、俺が皇太子だとわかれば皆、取り繕って真実を見せないだろうからな」

あの時、咄嗟にフィラーナの口を手で塞いだのも、皆の前で自分の正体が明かされるのを防ぐためだったのだ。

「もしかして、孤児院に時々、顔を出されていますか？　あ、えっと、エイブラム院長がいらっしゃる……」

「ああ、たまにな。……誰から聞いた？」

ウォルフレッドは真剣な眼差しを向ける。

「問いただすことが多そうだな。お前こそ、なんであんなところにいたんだ。何があった？」

「ええと、それは……女同士のいざこざが発端で……」

そもそもは、皇太子のお気に入りだと勘違いされ、このような顛末になったなど、さすがに言いにくい。

それに、ウォルフレッドが必要以上に責任を感じてしまうのではないかと思うと、どうしても歯切れの悪い言い方になってしまう。

「はっきり言え。隠すな」

しかし、しびれを切らしたウォルフレッドの強い視線に抗えず、フィラーナは躊躇しながらも、王宮内での出来事を話した。

ミラベルをはじめとする令嬢たちの過激な行為を、眉間に皺を寄せて聞いていたウォルフレッドだったが、一層怒りの形相になったのはテレンスに捕まりそうになったが逃げ出したというくだりだった。

「どこか触られたのか⁉」

ウォルフレッドが冷静さを欠いて、フィラーナの両肩をつかんだ。

一瞬痛みに顔をしかめたが、彼女はすぐに微笑みを浮かべて首を横に振る。

「いいえ、少し腰に手を添えられたくらいです。すぐに振り切って、無事に逃げられましたから。それより、テレンス殿下のすねを思い切り蹴りつけてしまったので、あとで何をされるか心配で……」

「お前を手籠めにしようとしたんだから、それぐらい当然の罰だ。もっとほかのところを蹴って再起不能にしてもよかったくらいだ。まあ、それはあとで俺がやっておく。お前には金輪際、指一本触れさせないから、安心しろ」

「はい……」

ウォルフレッドの物騒な物言いには目をつぶるとして、最後に聞こえた頼もしい発言に、フィラーナはさらに表情を和らげた。

「それより、お前、肩が痛いのか？」

しかし、そんなフィラーナとは対照的に、ウォルフレッドが気遣うような眼差しで顔を覗き込んでくる。

「俺の目をごまかせると思ったか？　どこで傷めた？」

「それは、荷馬車から落ちて……」

「なんだそれは。聞いてないぞ！」

「これから言うところだったんです」

フィラーナが続きを話し始めると、ウォルフレッドの表情が徐々に硬くなっていくのがわかった。

「お前……それでよく大怪我しなかったな」

「殿下と同じですよ。悪運が強いんです」

フィラーナは、ウォルフレッドを安心させようと冗談交じりに言ってみせたが、彼が硬い表情を崩す気配はない。

「……見せろ」

「え……？」

「医者には診せてないんだろう。骨が折れていたらどうする。……すまない、もっと早く気づくべきだった」

「だ、大丈夫です。ほら、まだ話の途中ですし……」

「ひどい場合は、すぐに医者を呼ぶ。一刻を争う」

真剣な眼差しの中に、心配と後悔の色が浮かんでいる。自分がそばにいれば、と彼自身、自責の念に苛《さいな》まれているようだ。

(そんなにひどくなっていなければ、少しは安心してくれるかしら……)

フィラーナは彼の気持ちを汲み取り、それ以上は反論せず、くるりと背を向けた。シャツのボタンを外し、痛みの走った右肩部分のみ、少し下にずらす。

ウォルフレッドは何も言わない。

普段、人に見せることのないところを、彼に晒しているのだということを認識した途端、フィラーナは緊張と羞恥で自分の身体が熱くなっていくのを感じた。

「……痣《あざ》だけで済みそうだ。少し冷やせば大丈夫だろう。お前の反射神経のよさと丈夫さには脱帽だ」

やがて、聞こえてきたウォルフレッドの静かな口調に、フィラーナはホッと胸を撫で下ろした。彼は真剣に診てくれていたのに、変な気分になってしまった自分は、なんてはしたない娘なのだろう。

フィラーナが礼を述べてシャツをもとに戻そうとした時、肌に何かが触れた。

（えっ……？）

それがウォルフレッドの指だと感じた瞬間、またしても心臓がうるさく鳴りだす。

「……闘技場でお前に似た女を見た時は、他人の空似だと思ったが、まさか本人だったとはな……。しかも、俺の知らない男と一緒だった」

腹の底から響くような声に、フィラーナの身体がビクッと震える。

聞き慣れた声なのに、いつもとは違う、艶やかな何かが含まれているように感じるのは気のせいなのか。

「遠くからでも、目が逸らせなかった。お前は男だろうと女だろうと、打ち解けるのが早い……」

「か、彼とは何も……んっ」

指が、つつつ、と剥き出しの肌をなぞり、フィラーナの細い首に触れた。それだけで、身体の芯が疼くのがわかる。

フィラーナは再認識した。今の自分は、あまりにも無防備だ。もし、この指が身体の前に滑り落ちてきたら……と。

「あ、あのっ……」

彼の指から逃げるように、フィラーナは肩に力を入れて背を丸める。

「もう……大丈夫ですから……着てもよろしいですか?」

「……あ、ああ……そうだな」

我に返ったようなウォルフレッドの呟きとともに、首筋から指が離れる。

フィラーナは素早くシャツを引き上げた。ウォルフレッド以外の男に触れられたくないと思う気持ちは本当だが、未婚の娘が、こうして簡単に肌を見せてしまったことは実に浅はかな行動だった。

恥ずかしさでフィラーナが身を固くしていると、ウォルフレッドがソファから立ち上がる。

「宿の者に、お前の湯浴みを手伝うよう言っておく。あとでまた迎えに来る」

伝達事項のように淡々とした口調でそう告げると、彼は部屋を出ていった。

何事もなかったかのような素っ気ない言い方だったが、それがかえって今のフィラーナの心を落ち着かせてくれた。

湯殿で全身を洗ってスッキリしたあと、打ち身によく効くという薬を宿の女中に塗布してもらい、用意されていた新しい下着類と飾りけのない女物の服に袖を通す。床に転がされた時から全身、埃だらけだったので、こうして湯浴みをさせてもらえたことは心からありがたかった。

髪をよく拭いてから部屋に戻ると、同じく湯浴みを済ませたウォルフレッドが待っていた。ただし、今度は文官の深緑の上衣姿ではなく、木綿のシャツに黒いズボン、その上にフードつきの茶色い外套を羽織っただけという軽装だ。

「お前は迎えの馬車でバルフォア家に行き、そこでドレスに着替えてから王宮に戻れ」

「お前は、って……殿下はご一緒じゃないんですか？　あ、まだ街に御用が……？」

「まあ、そんなところだ」

「じゃあ、私も連れていってください！　決してお邪魔はしませんから」

これは願ってもない外歩きの機会。フィラーナは好奇心に瞳を輝かせながら、ウォルフレッドを見上げた。

「何言って……お前は怪我人なんだぞ」

「こんなの怪我に入りませんよ。腕だって回せます」

「お、おい、無茶するな！」

グルングルン肩を回し始めたフィラーナだったが、血相を変えたウォルフレッドにただちにその腕を押さえられる。

「……この、跳ねっ返り！」

普段よりも大声で叱られ、フィラーナは思わず目を丸くした。

おとなしくなったのを見届けてから腕を離し、ため息をついたウォルフレッドは扉へと向かう。しかし開ける直前、部屋の中央でしゅんとうなだれているフィラーナへと身体の向きを変えた。

「腹が減った。昼時だからどこも混むぞ。急げ」

「は、はいっ、今行きます……！」

随行の許可が下りたことを認識した瞬間、フィラーナの顔は輝きを取り戻した。


宿から少し歩くと、賑やかな場所に出る。

大通りの中心部、やや混雑した料理店の中に、ひときわ目を引く端正な顔立ちの若者が入ってきてから、給仕係の若い女性たちは忙しい仕事の合間にも、せわしなくその男に熱い視線を送っていた。ひとりが、幸運にも追加料理を運ぶことになり、期待を込めた笑顔で男のテーブルに近づく。

しかし、男の向かいに座る蜂蜜色の髪をした娘が美味しそうに料理を口元に運ぶ姿と、そして、男が緑色の瞳を細めてその娘を優しく見つめていることに気づくと、ガックリと肩を落とし料理を置いて、給仕係はテーブルをあとにするのだった。

「本当によく食べるな。よほど腹が減ってたのか」

「ウォルに会えてホッとしたからよ、きっと」

テーブルの上に、ところ狭しと並ぶ、スープやパン、肉料理。楽しそうに談笑するふたりを見て、彼らがこの国の皇太子とその妃候補の令嬢だと気づく者はいない。

フィラーナを連れて歩く際に、ウォルフレッドが出した条件がいくつかある。

絶対に自分から離れないこと。無茶をしないこと。そして、『殿下』ではなく『ウォル』と呼び、敬語は使用しないこと。

いきなりくだけた態度で接することに、もちろんフィラーナは躊躇したが、守らなければただちに王宮に戻るとウォルフレッドに強く宣告され、仕方なく条件を呑んだ。

だが、それも次第に馴染んできて、港町で出会った時のことを思い出し、フィラーナの心は軽く弾む。

料理で腹を満たしてから店を出て、ウォルフレッドについていった先は、商業地域を横に進んだところにある市場だった。

昼を回り、買い物客でごった返す人通りの中、はぐれないようにとウォルフレッドがしっかりと繋いでくれる手が頼もしい。

数時間前まで、ひとりで放り出されたことで心細く感じていたのに、今は一番会いたかった男性と一緒にいる。フィラーナは嬉しさを噛みしめながら、口元を綻ばせた。

時折、雑踏の中、人とぶつかりそうになる寸前でウォルフレッドに腰を引き寄せられる。そのたびに身体が密着して、フィラーナの心臓は早鐘を打ち、頬は熱を持った。

きっと、いや絶対、ほかの男性ならこうはならない。

（私、ウォルが好き……）

高鳴る鼓動が、繋いだ手から相手に伝わってしまいそうで、フィラーナは恥ずかしさからあらぬ方向へと視線を向ける。しかし、その動作とは反対に、繋ぐ手の力は緩むどころか、さらに強くなっていくのだった。

肉屋、青果店、雑貨店などに立ち寄り、商品を手に取って客のフリをしながら、ウォルフレッドは店主といろいろな話をしている。フィラーナは彼の邪魔にならないように、近くで立っているだけだったが、その間にも様々な商品を目にするのは、心浮き立つ時間だった。

離宮で退屈な日々を過ごすより、よっぽどいい。自由に港町を散策していた時の高揚感が蘇ってくる。

最初はフィラーナの体調を気遣っていたウォルフレッドも、彼女の明るい表情を見て安心したようだ。

　ここでも、ウォルフレッドが皇太子だということに気づく人物はひとりもいない。

　市場をひとしきり回り、商業通りに戻ると、西に傾く太陽の光が建物の隙間から道に伸び、視界を眩しく覆う。

「疲れたか？」

「いいえ、とっても楽しかったわ。まだまだ歩き足りないくらい」

　フィラーナが微笑めば、ウォルフレッドも表情を和らげて口角を上げる。

　ふたりは大通りに出て馬車を拾った。ふと、フィラーナは馬車が王宮とは反対の方向に進んでいることに気づく。それを尋ねると、ウォルフレッドは「見せたいものがある」と言ったきり、口を開かない。

　しばらく馬車に揺られ、着いた先は帝都を取り囲む城壁の前だった。あの闘技場は近くには見えないので、また別の方角なのだろう。

「ここは……？」

　問いかけながら横を見上げると、ウォルフレッドがフィラーナの手を引いて歩きだす。城壁の一部には鉄扉が取りつけられており、その前に立っていた騎士が立っていた。近づいてくる皇太子に気づき、背筋を伸ばしたまま一礼すると、鍵を取り出す。

　開かれた鉄扉の中には上へと延びる階段があり、これが城壁の内部構造の一部であることが、フィラーナにもわかった。

ウォルフレッドは彼女の手を取ったまま、ゆっくりと階段を上っていく。光が差し込む上部までたどり着いた時、急な風にフィラーナは一瞬、目を閉じたものの、すぐに開き……息を呑んだ。

「……綺麗」

目の前には遮るもののない、遠くの地平線へと続く豊かな緑の大地。

その雄大な大地は今、沈みゆく夕陽の柔らかな光を受けて美しく輝いている。

「お前の故郷でも、きっとこんな風景が見られるんだろうな」

「……ええ、とても……よく似てるわ」

フィラーナの胸が懐かしさで震える。

ふたりが立っているところは、城壁の東西南北にひとつずつ設けられている尖塔のひとつで、そこから城壁の上に渡れるようになっている。他国から攻められた場合、ここで応戦できる構えになっているが、スフォルツァの建国以来、そのような危機に見舞われたことはいまだにない。

何も言わずに、じっと地平線を見つめているフィラーナに、ウォルフレッドがそっと声をかける。

「……帰りたくなったか？」

フィラーナが振り向くと、少し憂いを帯びた緑の瞳と視線がぶつかる。

「そうね、残りたい気持ちもあるし、帰りたい気持ちもあるわ。……お兄様がどうしてるか、気になるから」

穏やかに微笑みながら、再び、緑の大地に視線を戻す。

「こう言うと、兄に執着してる異常な妹のように思われるでしょうね。でも、私が剣を習ったのは、兄を支えたかったから。港町を歩いていたのも、いろんなものを自分の目で見て、いつか兄の役に立つような知識を得て、強い人間になりたいって思ったからよ。……兄は昔、落馬事故に遭って、走ることも剣を握ることもできないの」

雄大な景色を目の前に心が解放されたのか、ずっと胸の奥にしまっていた思い出が、自然とフィラーナの口から紡がれていく。

「あの日、私は庭で摘んだお花をどうしても母のお墓に供えたくて、少し離れたところにあるエヴェレット家の墓地へひとりで歩いて向かったの。子供だったし、いつもは馬車で行っていたから、距離感がよくつかめてなかったのね」

ウォルフレッドは、フィラーナの美しい横顔をじっと見つめた。

「そのうち天候が急変して、雨に打たれてた私を兄が馬で探してくれたの。でも、屋敷の手前で木に雷が落ちて、馬が驚いて……兄は私を庇って落ちて……」

　その声が小さく震えだす。

「……兄は身体が丈夫だったら、やりたいことがたくさんあったはずよ。それを私が奪ってしまったの。あの日、私が出かけなければ、って何度も自分を責めたわ。……でも、後悔してもやり直せない。だったら、兄に助けてもらった命を兄のために使おう、って心に決めて生きてきたわ」

　ウォルフレッドは思いを巡らせた。

　自由奔放に生きてきたと思っていた娘が、ずっとこんな思いを抱えてきたとは知らなかった。誰かを庇って落馬したなら、その衝撃は相当なものだ。フィラーナの兄も、おそらく何日も生死の境をさまよったに違いない。

　掃除女中に扮して、自分に会いに来たフィラーナの姿が思い起こされる。安堵の涙を流すまでの間、どれほどの不安と恐怖が彼女を襲っていただろうと思うと、彼は胸が圧し潰されるような苦しさを覚えた。

「……悪かった。俺の落馬でつらいことを思い出させたな」

「どうして謝るの。あなたが無事でいてくれて感謝してるわ。……本当にありがとう」

　フィラーナはウォルフレッドのほうを向いて、儚《はかな》げに微笑んだ。

彼の目には、水色の瞳が夕陽を受けて、潤んでいるようにも映った。

「これからは、ひとりで抱え込むな。痛みも苦しみも、全部俺に吐き出せ」

ウォルフレッドはたまらず、フィラーナを強く抱きしめた。

「お前の気持ちも知らず、ひどいことを言ってしまった。……本当にすまない」

絞り出すようなウォルフレッドの声が、フィラーナの耳にゆっくりと染み込む。

それは護衛の件で口論になった時、『お前の剣術はお遊びだ』という主旨の発言をしたことだと、フィラーナはすぐに気づいた。

でも、あの時に感じた悲しみや怒りは、もうフィラーナの中にはない。

「……いいの。あなたの言うことのほうが現実だって、ずっと前からわかってたから」

自分の思いを受け止めてくれただけで充分だ。

ウォルフレッドの顔が近づいたのを感じ、フィラーナが視線を上げた瞬間、唇が柔らかいもので覆われた。

先日、腹立ち紛れに奪われたキスとは正反対の、優しい感触。

フィラーナは徐々に身体の力を抜いて彼の背に腕を回し、そっと瞳を閉じる。

涼しさを纏い始めた夕刻の風の中、彼が与えてくれる温もりは、泣きたくなるほどに心地よかった。

皇太子の決意

離宮に戻ったフィラーナがまず向かったのは、ルイーズの部屋だった。予期せぬ災難に見舞われたことが原因とはいえ、自分が急に姿を消したことを申し訳なく感じていたのだ。

もっとも、フィラーナが先に戻っていると思い、部屋を訪ねたルイーズだったが、フィラーナ付きの侍女であるメリッサから『フィラーナ様は外出中です』と伝えられていたので、特に不安は感じていなかったという。

むしろ、セオドールとたくさん話す時間を作ってくれたフィラーナに感謝していた。

「セオドール様は私のこと、覚えていてくださったの。フィラーナの言った通りね。思い出話から始まって……あ、お描きになった絵もたくさん見せていただいたのよ」

明るい笑顔で話すルイーズを見て、フィラーナも嬉しくて口元を綻ばせる。こんなにも喜んでもらえたなら、ミラベルたちから嫌がらせを受けた記憶もたちまち霞んでしまいそうだ。

そして、フィラーナが宿で湯浴みをしている間に、ウォルフレッドが王宮に使いを出し、彼女の無事と保護を伝えていたらしい。

レドリーから知らせを聞いていたメリッサは、心配よりも期待に満ちた面持ちで、離宮に戻ってきたフィラーナを出迎えた。

「殿下とご一緒だったんですよね？　殿下が候補者のご令嬢と外出なんて、これまで聞いたことがありませんもの。もしかすると、ですわね」

「メリッサが期待してるようなことなんて、何もなかったわよ」

フィラーナは静かに前を通り過ぎると、ソファに腰を下ろして近くのクッションを抱きしめた。

（むしろ……ウォルの様子が気になるわ）

帰りの馬車で、ウォルフレッドは何か考え事でもしているように眉根を寄せて難しい顔をしたまま、車窓の景色に目を向けていた。

城壁の上で、『帰りたくなったか？』と問われた時、『残りたい気持ちもあれば帰りたい気持ちもある』と答えた。

雄大な景色を見て感傷的になってしまったとはいえ、兄への負い目を語った自分を、彼はどう感じただろうか。自分の気持ちを汲み取り、明日にでもいよいよ帰郷命令が下るのではないだろうか。

(馬車で考え事をしていたみたいだし、その可能性はあるわ。私はそれを素直に受け入れられるのかしら……)

夕食後、複雑な思いのまま、フィラーナは窓辺の椅子に座り、外を眺めていた。その時、部屋の扉が叩かれ、応対に出たメリッサが足早にこちらに戻ってくる。

「殿下がフィラーナ様にお会いしたいと、応接室でお待ちだそうです。時間が遅いので無理にとはおっしゃっていないそうですが……」

やはり思うところがあったのか、とフィラーナの心臓が緊張で早鐘を打ち始める。落ち着かせるために何度か深呼吸を繰り返すと、彼女はゆっくりと立ち上がった。

「参ります、とお伝えして」

応接室のソファに座っていたウォルフレッドは、フィラーナに隣に来るよう指示し、使用人をすべて退室させてしまった。

「こんな時間に呼び出して悪かったな。疲れているのはわかっていたが、どうしても話がしたかった」

「いいえ、大丈夫です。私もお話ししたいことがありましたから」

「……言葉遣いがもとに戻っている。俺の前では普通にしてほしい」

フィラーナは躊躇ったが、少し寂し気に揺れるウォルフレッドの瞳を見て何も言えなくなってしまった。仕方なく頷くと、彼の表情が少しずつ和らいでいくのがわかる。

「俺に話があったなら先に聞こう」

「話というか……帰りの時のウォルの様子が気になってたの。ずっと考え事をしてたでしょう? 私が兄への思いを語ったから、あなたは私を明日にでも帰郷させるんじゃないかと思って」

「……お前がそれを望むのなら、そうするべきなのはわかっている。大事故に遭って、それでも大切な人が生きていてくれる。そばで支えたいというお前の選択は間違いじゃない。……俺もお前と同じ思いだ。ただ、俺は、もう兄に会えないが」

伏し目がちに語るウォルフレッドの言葉で、フィラーナはかつて令嬢たちのお茶会で把握した皇族の系譜を頭の中に広げた。

ウォルフレッドの上には確か第一皇子がいた。

「……エリク殿下?」

「ああ。……お前は兄に命を助けられたと言っていたが、それは俺も同じだ。……俺は幼い頃、テレンス側の人間から命を狙われた」

フィラーナは思わず息を呑む。

「俺を死の淵から救ってくれたのはエリクだ。皇子の数が多いほど、本人たちの意思とは関係のないところで、争いは始まっている。どの時代でも、どの国においても同じことだ」

ウォルフレッドは淡々とした口調で、エリクの話を続けた。

エリクは王と侍女との間にできた子で、その侍女はエリクを生んですぐに亡くなった。侍女には身寄りがなかったため、エリクはこの王宮で育つこととなったが、母の身分が低いため彼の帝位継承はないだろうと誰もが思っていた。王にはすでに皇妃がおり、まだ子はいなかったが、将来、男児を生む可能性は大いにあった。

「エリクが七歳の時、俺が生まれ、その数ヵ月後にテレンスが生まれた。俺は物心ついた時からエリクと一緒にいることが多かった。エリクは自分と俺の境遇を重ねていたんだろうな」

ともに側妃を母に持ち、周囲の視線に何か違うものを感じ取っていた。

「エリクが俺を守ってくれているのは感じていたし、実際エリクは優秀で強い精神の持ち主だった。俺が周囲の大人たちからの蔑みや哀れみの視線を気にせず克服できたのも、エリクを見て育ったからだ。……もし、将来エリクが帝位を継ぐことがあれば、俺は騎士として兄を守ろうと決意していた」

しかし、日に日に聡明に成長していくウォルフレッドを疎ましく思う人物たちがいた。テレンスの母である皇妃と、当時の宰相だった彼女の伯父である。皇妃にしてみれば、エリクはもとより眼中にはないものの、ウォルフレッドの母は一国の王女で、彼の身体にはその崇高な血が受け継がれている。当時、皇太子は決まっていなかったが、テレンスを溺愛していた皇妃にとって、ウォルフレッドは可愛い息子の輝かしい未来を阻む悪魔のような存在でしかなかった。

「俺が五歳の時、食事に毒が盛られた。口にした食事が少量だったのも幸いしたが、エリクが俺の異変に気づき、すぐに侍医に診せたことで、俺は救われた」

危険を察知したエリクは、療養を兼ねてウォルフレッドを王女の後見でもあったバルフォア家に預けてはどうかと皇帝に提言した。食事に毒を盛ったと思われる給仕が事件直後に服毒自殺を図ったので、真相はわからずじまいだったが、皇妃の狂気じみた嫉妬深さに王も思い当たるところがあったのだろう。エリクの意見を聞き入れた。

こうして、ウォルフレッドは将来側近となるレドリー、ユアン兄弟とともにバルフォア家で十年の歳月を過ごすことになったのである。

離れて暮らしていても、エリクはよくウォルフレッドを訪ねては城下町にも連れ出し、実際に自分の目で見て物事を判断する大切さを語っていたらしい。

「エリクは、皇族の中でも出自の低い自分はなんの影響力も持たないが、この国と民のために尽力したい、と常々言っていた。だから、エリクの才能が認められ皇太子に決まった時、俺は心底、嬉しかったし、将来エリクを支えることが俺の生きる道だと、改めて決意した。……だが、俺が十五歳の時、エリクは妃とともに帰らぬ人となった」

外交のために隣国を訪れた帰途、不慮の事故で命を落とした皇太子夫妻。幼かったために旅に同行できなかったセオドールだけが遺されてしまった。

「エリクが亡くなり、喜んだのはテレンス支持派だ。俺は王宮にはいないし、テレンスに帝位継承権が移ると期待したはずだ。だが、兄の葬儀が終わって二ヵ月以上過ぎても、次の立太子の儀は行われなかった。父もテレンスが皇帝の器ではないことを認識していたんだろう。そして、俺が王宮に呼び戻された」

「……それは陛下が、ウォルを次の皇太子に、と？」

「ああ。厳密に言えば、俺の皇太子としての資質を問うために、だ。……だが、俺は皇太子の地位になんの執着もなかった。外での暮らしが長かったから王宮での生活は堅苦しいと思っていたのもあるが、何せ兄の下で働くことしか考えていなかったしな。他人に愛想を振りまくことが苦手で、人の上に立つことなど考えられなかった。だが、俺が辞退したところで、父がテレンスを選ぶとは考えられない」

「じゃあ、誰に……」

フィラーナはそう疑問を口にしたところで、何かに気づき、目を見開く。

「もしかして、セオドール殿下……」

「セオドールは前皇太子の嫡子であり、皇太子として不足はない。だが、それに納得しない皇妃一派が次にどんな行動に出ると思う？」

「まさか……セオドール殿下を亡き者に……？　だって、まだ幼い子供よ？」

恐ろしい仮説にフィラーナの顔は徐々に青ざめ、唇が震える。

ウォルフレッドは静かに頷いて肯定の意を示すと、そのまま話を続けた。

「幼子だからこそ、病気に見せかければ始末しやすい。かつての俺にしたようにな」

吐き捨てるような口調には、明らかに犯人たちへの侮蔑が込められている。

「エリクに助けられたこの恩を本人に返すことはできなくなってしまったが、これからは代わりに兄の忘れ形見を守り抜くと決意した。そうして俺は、自ら後継者争いの場に出て、テレンスに勝った。俺が皇太子になれば、ヤツらの矛先は俺に向く」

ウォルフレッドが拳を強く握りしめる。

「数日前の襲撃事件を覚えているだろう？　捕らえた賊は雇われただけの輩だと判明したが、後ろで糸を引いていたのはおそらくテレンス派の者たちだ。ここ最近、静かに動きだしたのは把握しているが、まだ全体をつかみ切れていない。だが、絶対に俺の代で殲滅《せんめつ》させる」

彼の瞳に強い闘志を感じたフィラーナは、ある結論にたどり着こうとしていた。

「もしかして……あなたが妃を迎えない理由は、セオドール殿下のためなの？」

そう問いかけて、まっすぐにウォルフレッドへ視線を向けると、彼は驚いたように少し目を見張った。

「……あなたはセオドール殿下の盾になろうとしたのね。それは、いずれ……」

フィラーナはウォルフレッドの言葉を待った。

沈黙が漂う中、ふたりは視線を逸らすことなく見つめ合っていたが、やがてウォルフレッドがわずかに口角を上げた。

「……察しがいいな。俺の考えを読み解いたか」

「あなたは皇帝に即位したあと、セオドール殿下を皇太子に立てるつもりでいる。そして、周囲から結婚をすすめられる前に、セオドール殿下へ譲位することも……。それが、エリク殿下への最大の恩返しであり、あなたにとっての揺るぎない信念でもあるから。でも、自分の子が生まれたりしていたら、継承権争いの火種になってしまう。……それを避けるために、最初から妃を娶《めと》るつもりはなかったのね？」

「その通りだ。兄が生きていれば当然の流れだ。俺は兄から皇太子の座を一時的に預かっているにすぎない。セオドールは、幼い頃から心が広い。誰にでも平等で、皇帝の素質は充分あると俺は確信している」

「あなたの思いを、殿下はご存知なの？」

「いや、まだ本人には伝えていない。聞けば自分が俺のお荷物になっていると、変に誤解し苦悩するだろうからな。もちろんほかの者にも口外していない。知っているのはレドリーだけだ。……俺の考えが極端すぎると呆れられても仕方のないことだが、そう簡単に曲げることはできない」

ウォルフレッドはフィラーナから視線を外すと、正面の壁にかけられている絵画のほうへと顔を向けた。

「皇太子妃になりたくて王宮に呼ばれた女に、俺の考えを理解するのは難しいだろう。皆、将来皇妃になりたくてここへ集まっているんだからな。俺のような男についてくる女はいないだろうし、俺も理解してくれるまで説得するのは面倒だと思う性分だ。だから、最初から誰とも結婚するつもりはなかった」

『女性に興味のない、変わり者の氷の皇太子』の理由を知って、フィラーナは複雑な思いを胸に秘めたまま、ゆっくりとうつむく。

（最初から誰とも……。きっと、今でもその決意は変わらないんだわ）

しかし次の瞬間、突然強く手を握られた。

フィラーナがハッと顔を上げると、いつの間にか自分に視線を戻していたウォルフレッドの切なげな表情が視界に飛び込んできた。

「……そう思っていたが、俺はお前を諦め切れない」

予想外の言葉に、フィラーナの身体は硬直し、動けなくなってしまった。

「だが、この先のお前の人生を棒に振らせるとわかっていながら、なんの説明もせず自分の感情を押しつけるのは、あまりにも身勝手で卑怯だ。それならば、いっそ手放してほかの男へ嫁いだほうがお前も幸せになれる……。そう何度も自分に言い聞かせたが……無理だった。往生際の悪い、愚かな男だと思われても仕方ない」

「ウォル……」

「こんな俺に嫌気が差したのなら、迷わずこの手を振り払ってくれ。無理に俺の心に寄り添おうとしなくていい。……俺にはお前を縛りつけておく権利はない」

ウォルフレッドの手の力が、少しずつ緩んでいくのがわかる。

フィラーナはすぐに言葉が出なかったが、じっとウォルフレッドの瞳を見つめた。

（……この人は、長年培ってきた信念と、私への感情の狭間で葛藤しながらも、すべ

てをさらけ出してくれた）

　精一杯の誠意を見せてくれたと思うと、フィラーナは胸の奥がぎゅっと締めつけられるのを感じた。

（なんて不器用な生き方をしている人なの……。もうエリク殿下はいないし、セオドール殿下を託されたわけでも、帝位について約束をしたわけでもないのに……）

　だが、それは自分とて同じことだと、フィラーナは気づく。

　これまで兄のハウエルから事故のことで責められたことは一度もない。それどころか、彼はいつも妹が苦しみに苛まれていないか気遣ってくれる。

　それでも、兄のために何か力になりたいと思い、その信念のもとに生きてきたのだ。

（……私たちって、似た者同士だったのね）

　自然とフィラーナの唇から柔らかい笑みがこぼれる。

（たとえ、誰もがあなたのしようとしていることを理解しなくても、私はずっとあなたの味方だから）

　フィラーナは、離れていこうとする彼の手に自分の指を絡めながら引き戻すと、強く握り返した。

　目を見開いたウォルフレッドに、フィラーナは優しく微笑みかける。

「私、これからもあなたと歩んでいきたい」

ウォルフレッドは戸惑いを隠し切れないように、眉根を寄せる。

「……いいのか？　俺といても皇妃にはなれない。この先、お前に何も残してやれないんだぞ」

「何も残してやれない……なんて、おかしなこと言うのね。あなたがいるじゃない。あなたと一緒にいられるなら、何も望まないわ。それに実のところ、皇妃なんて大役、私に務まるとは思えないし。あなたも知ってるでしょう？　私、室内でおとなしく過ごすより、外を駆け回ってるほうが性に合ってるから」

「本当に、皇妃の地位に未練はないのか？」

「ええ。あなたに気を遣って言ってるんじゃないから、それだけは勘違いしないでね。私の意思よ。あ、そうだ、いつか私の故郷に行ってみない？　何もないところだけど自然は豊かで静かだし、きっと気に入ってくれると思うわ」

ウォルフレッドの迷いを払拭するように、フィラーナは満面の笑みを向ける。

それは、港町で出会った時に見せた、太陽よりも眩しい笑顔によく似ていた。

「フィラーナ……」

ウォルフレッドは愛しそうに名を呼ぶと、彼女の身体をかき抱いた。

「初めて会った時から、すでに俺はお前に惹かれていたんだな……。抗おうとするほうが無理だ。もう観念した」

「ふふ……観念て何よ。相変わらずな言い方」

逞しく広い背に手を回して抱きしめ返すフィラーナが、ウォルフレッドの腕の中で楽しそうに答えた。

それを感じたウォルフレッドも表情を和らげ、その唇が弧を描く。

しばらく、互いの温もりと心を感じながら抱き合っていたが、フィラーナがおもむろに口を開いた。

「……私、あなたの邪魔にならないために家に戻ろうと思うの。仮にここに残って、陛下から早く結婚するように命令が下ったら、もう避けようがないわ。そうなれば陛下も周囲も、次に期待するのは世継ぎでしょうし」

思いが通じ合ったとしても下さなければならない決断に、ウォルフレッドは切なげに唇を噛みしめたが、「わかった」と静かに答えた。

「明日、妃候補全員に帰郷命令を出す。セオドールを皇太子として相応しい人間に育てるには、まだ数年かかるだろう。だが、お前を曖昧な立場のままにはしない」

ウォルフレッドは身体を離すと、真剣な眼差しでフィラーナを見つめた。

「迎えに行くから待っていてくれ。俺の妻として、必ず」

『妻』という言葉に、フィラーナの胸の奥がじんと熱くなる。

皇太子妃や皇妃などの高貴な地位を示す言葉より、ずっとずっと重みがあり、心に刻まれる響きだ。

「ええ……待ってるわ。私の未来の旦那様」

嬉しくて涙がこぼれそうになるのをこらえて、声を震わせ返事をする。

ウォルフレッドの手がフィラーナの頬に伸び、その滑らかな肌に触れた。

優しい手つきが心地よくてフィラーナが思わず目を閉じると、今度は唇をなぞられ、背筋がしびれていく。

「好きだ、フィラーナ」

はっきりと聞こえてきた言葉に反応して瞳を開くよりも早く、フィラーナの唇は愛しい男のそれで塞がれていた。

優しく吸われるような感覚から始まり、気づけばわずかな唇の隙間から熱い舌を割り入れられていた。

「ウォル、わ、私も……好き……っ」

息もつけないほどの激しい口づけの合間に、フィラーナが羞恥で顔を真っ赤に染めながらクラクラする頭でやっと答えると、ウォルフレッドはさらにフィラーナの甘い口内を味わうように侵入を深めていく。

フィラーナが懸命にそれに応えていると、一旦唇が離された。

吐息がかかるほどの距離で、熱い視線と視線が絡まった直後、再び互いに重なり合う唇。

あまりに情熱的なキスに意識が飛びそうになったフィラーナは、溺れまいというように彼の胸元にすがりついた。

彼との口づけを、胸いっぱいに広がる甘い感覚を、確かな記憶として少しでも心にとどめておきたい。

（悲しくなんかないわ、また会えるんだから……）

それでも閉じた瞳からは、涙が溢れて止まらなかった。

不穏な影

その翌日、朝食を終えたフィラーナが、メリッサの淹れてくれたお茶を飲んでいた時だった。扉がノックされ、女官長に連れられて入ってきた人物たちを視界に捉えた途端、思わず身体を硬くする。

ミラベル、コリーン、エイミーの三人だ。無意識に身構えるフィラーナとは対照的に、三人はこの前とは打って変わってすっかり戦意を消失させて、曇った表情のまま首《こうべ》を垂れた。

「先日は、大変申し訳ありませんでした」

彼女たちの突然の謝罪に、フィラーナは戸惑いを隠せない。よく見ると、コリーンとエイミーは涙ぐんでいる。ミラベルはどちらかというと、反省より、ふてくされている割合のほうが大きいようだ。

返事に窮しているフィラーナに、女官長が説明を加えた。この三人は早朝、皇太子に謁見の間に呼び出されたという。その床には、離宮の森の納屋から押収されたボロボロのドレスが置かれており、壇上からは皇太子の冷ややかな視線が三人に降り注がれていたらしい。

『このような所業、皇太子妃としての資格を持つ者の行いとは到底思えぬ。正直に罪を認めるなら、今回は王宮追放だけにとどめ、不問に処す』

こうして三人は罪を認め、謝罪に訪れたのだ。引きずることを得意としないフィラーナが「本当に反省しているなら……」と寛容な態度を示したことに彼女たちは安心したのか、最後はホッとしたような穏やかな表情で、部屋を去った。

その場にいたレドリーからあとで聞いた話だが、全身の血が凍ってしまいそうなウォルフレッドの声に、コリーンとエイミーは泣きだし、ミラベルは泣きはしなかったが青ざめた様子で罪を認めたのだという。

不埒な行いをしようとしたテレンスにもなんらかの処罰があったのかもしれないが、ウォルフレッドが物騒なことを言っていたのをフィラーナは思い出し、レドリーに尋ねることはしなかった。

ウォルフレッドの言った通り、午前中に残りの候補者たちにも帰郷命令が出た。荷造りや帰り支度の整った者が次々と離宮をあとにし、フィラーナも先刻、ルイーズと別れの挨拶を交わしたところだ。

窓辺の椅子に腰掛け、部屋から見える帝都の光景を目に焼きつける。なんとなく静寂を感じるのは、フィラーナが最後のひとりだからであろう。

「ご用意が整いました」

女官長の言葉で立ち上がり、見納めにと部屋全体を眺めてから廊下に出る。メリッサにも挨拶したかったのだが、もう馬車のところで待機しているのか、ここに姿はなかった。

女官長のあとに続いて、離宮を出て回廊を通り、王宮本館へ渡る。気づけば自分の後ろには侍女が三人ほどつき従っていた。フィラーナは違和感を覚えた。

そのまま出口へと向かうと思いきや、あろうことか女官長は幅の広い大理石の階段を上り始めた。

「あの、こちらであってるのかしら……?」

「はい」

女官長はひと言だけ返し、それ以上の質問を受けつけないと言わんばかりの厳格な雰囲気を醸し出し、先へと進む。首をひねりつつも、しばらくついていくと、やがて南棟の三階の一室へと案内された。

扉が開かれた先には、離宮よりも大きく明るい部屋が広がっていた。ソファもシャンデリアもこれまでよりきらびやかなデザインで、思わず圧倒されてしまう。

わけがわからず立ち尽くしてしまったが、壁際に控えていた四人の侍女のひとりがメリッサであることに気がついたフィラーナは、急いで彼女のもとへ駆け寄った。

「メリッサ、こんなところにいたの？　一体これはどういう——」

「引き続きフィラーナ様にお仕えできますこと、大変嬉しゅうございます。さあ、お召し替えを」

「いえ、聞きたいのはそういうことじゃなくて……」

そのまま隣の衣装部屋へと連れ去られ、侍女たちによって手際よく、繊細な白のレースがふんだんにあしらわれた鮮やかな青のドレスに着替えさせられた。ドレッサーの前に座らされ、鏡に映った自分の髪が侍女たちの手で瞬く間に整えられていくのを、感心して眺めていた。

（いつもはメリッサひとりだったものね……もちろん、メリッサも丁寧で迅速だったけど……って、違う違う）

感心している場合ではない。

ひと通り身支度が終わると、フィラーナは立ち上がりざまに振り向いてメリッサに状況を尋ねようとした。が、彼女を含めた侍女たちが、うっとりと目を細めて自分を眺めていることに気づく。

「本当にお美しいですわ」

「さすが、殿下がお選びになられた方ですわね」

彼女たちの呟きが耳に届き、何がどうなっているのか、さらに混乱したフィラーナが口を開こうとした時、内側の扉がノックされ、別の侍女が顔を覗かせた。

「あの、レドリー様がお見えですが……」

「すぐにお通しして！」

すべてを知っていそうな人物がタイミングよく現れた。フィラーナがドレスを持ち上げ、足早に先ほどの居間とおぼしき部屋に戻ると、ちょうど入室してきたレドリーが深く頭を下げた。

「フィラーナ様、ご機嫌うるわしゅう——」

「レドリー様、どうぞお座りになってくださいませ！」

挨拶もそこそこに、フィラーナはやや興奮ぎみにレドリーに着席を促す。内心は、何よりも説明を促したい気分だ。

レドリーも、フィラーナの口調とその表情から彼女の真意を悟り、使用人たちに退室を命じた。

部屋は静かになったが、フィラーナの心はざわついたままだ。

「これはどういうことですか？　私もここを出るはずだったのでは？」

「……殿下からお聞きしました。フィラーナ様にすべてを打ち明けて、それでもともに未来を誓い合ったと。大変喜ばしいことで、私もフィラーナ様に感謝申し上げたい気持ちでいっぱいです。やはり、あなたは私の見込んだ通り――」

「本題に入ってくださいませ」

フィラーナの真剣な眼差しを受け、レドリーはその表情から笑みを消す。

「結論から申し上げますと、フィラーナ様にはもうしばらくここに滞在していただきます。殿下と……何より、セオドール様のために」

「え……？」

フィラーナはポカンと口を開けた。一体どういうことだろう。

レドリーによると、次のような流れとなったらしい。

候補者全員に帰郷命令を出したあと、ウォルフレッドは父である皇帝にその報告をしに出向いた。妃選びについてはウォルフレッドに一任されているので、「該当者なし」と事後報告をすればよいはずだったのだが――。

「陛下は、殿下から報告を受けられ、その場で『いつまでもそのような調子ならば、これからは余が自ら皇太子妃を選ぶ。それも嫌なら、次の継承順位者を新たな皇太子とするほかあるまい』と、叱責なされたそうです」

要は『そんなワガママがいつまでも通用すると思うか。このままだとお前を廃してテレンスを皇太子にするまでだ』という、極めて警告に近い宣告である。

テレンスの帝位継承を匂わされてしまったら、ウォルフレッドとしては何も言い返すことができない。仕方なく、『では、最終候補者として、エヴェレット侯爵家のフィラーナを』と奏上してその場は事なきを得たというのが、彼女がこの部屋に移された真相だった。

本来ならばすぐにでもフィラーナにその旨が伝わるはずだったのだが、いつもとは違い、今回は候補者一斉の帰郷となったため王宮内がせわしなく、伝達がうまくいっていなかったと、レドリーは丁寧に詫びた。

一応状況を把握したものの、フィラーナは拍子抜けしてしまい、しばらく言葉を発することができなかった。

ウォルフレッドともうしばらく会えない、と胸が締めつけられる思いでひと晩過ごしたというのに。ひとり、声を押し殺して流した涙を返してもらいたい気分だ。

とはいえ、これからもウォルフレッドのそばにいられるのは素直に嬉しい。つい頬が緩んでしまった自分を、レドリーが面白そうに観察していることに気づいたフィラーナは、慌てて表情を引きしめ、小さく咳払いする。

「……それで、私はここで何をすればいいのでしょうか？　まさか、このまま皇太子妃になってしまうなんてこと、あり得ませんよね？」

「多少、周囲から誤解を招くかもしれませんが、フィラーナ様の肩書きは正式な皇太子妃ではなく、あくまで〝最終選考に残った候補者〟です。これからしばらくここでお過ごしいただき、皇太子妃に相応しい人物かどうか殿下から見極められることになります。ですから、最終的には落第ということで、お帰りいただけます」

「……落第、ですか。あまりいい響きではありませんね」

一瞬、戸惑いの表情を見せたフィラーナに、レドリーは柔らかく微笑んだ。

「ご心配なく。すべてシナリオだとお思いください。殿下は心配なさっていたようです。自分が迎えに行く間にフィラーナ様に悪い虫が寄りつき、そのままさらわれてしまわないかと。そうなる前に、誰もが手出しをしにくい状況を作ってしまおう、というお考えに方向転換されたようです」

確かに、格式を重んじる貴族にとって『最終選考に残っていながら落とされるとは、何かやらかしたに違いない』と噂される娘を嫁として迎えるのは、少し体裁が悪いだ

でしまいそうで心配だわ」

「ですが、そんな娘を持つ羽目になる父が気の毒で、申し訳なく思います。落ち込んでしまいそうで心配だわ」

「そうならないように、殿下は事情説明と結婚の承諾をいただくため、近々、エヴェレット侯爵を訪ねる予定でいらっしゃいます。セオドール様が即位なされても、ウォルフレッド殿下は先の皇帝であり、親代わりです。その尊厳が失われることはありません。セオドール様は必ずや国の直轄領のいずれかを殿下にお任せになり、不自由ない穏やかな暮らしを約束してくださることでしょう」

夫になる者の身分がどうであろうとフィラーナ自身は気にしていなかったが、父を安心させることができるのなら、やはりその肩書きは必要不可欠と言えそうだ。

「……ご納得いただけましたでしょうか？」

レドリーが少し心配そうにフィラーナの顔色を窺う。

「わかりました。こんな私でもセオドール殿下をお守りすることに一役買えるのでしたら、光栄です。そしてウォルフレッド殿下のお力になれるのなら」

すべてがうまく運ぶよう天に祈る一方、こうなったら秘密を共有した者として一緒に戦う心意気である。フィラーナは自分自身を鼓舞するように、力強く頷いた。

午後のお茶の時間を過ぎたあたりで、フィラーナは続き部屋になっている自分専用の書斎の中を、本を片手に外国の言葉を唱えながら、軽やかな足取りでひとりクルクルと舞っていた。すると――。

「見事な発音だな。エスタレカ語の詩か」

聞き慣れた低い声が耳に届き、フィラーナは足を止めて振り返った。扉からこちらに近づいてくるウォルフレッドの姿を視界に捉える。

「ウォル、いつからいたの……？」

「さっき部屋を訪ねたら隣から美しい発音の外国語が聞こえてきて、しばらく聞いていたくなった。春の訪れの喜びを謳った詩だな。それでダンスのステップのような真似をしていたのか」

「ええ、つい興奮してしまって……。実家にいた時はなかなか手に入らなかった本が、ここにはたくさんあるんですもの。読みたかった本ばかりだわ」

フィラーナはぐるりと部屋を見渡した。窓と扉以外の壁一面に棚が備えつけられていて、本が天井近くまでびっしりと埋まっている。

「ほら、こっちにはロシューム語の教本もあるのよ。せっかくだから、ここにいる間にでも少しずつ勉強しようと思うの。ホーグの港に時々ロシュームからの船も停泊してたんだけど、彼らが何を話してるのかよくわからなくて、悔しい思いをしたことがあるのよね」

うきうきと、フィラーナはすぐ後ろの上段の棚に向かって手を伸ばす。しかし、かなり高いのでなかなか届かない。すると、背後からウォルフレッドの手がスッと伸び、簡単に目的の本を取り出した。

礼を言おうとフィラーナが振り向くと、真剣な眼差しで見つめられていることに気づく。

「俺の力不足のせいで、お前をここにとどまらせることになった。すまないと思っている。父に対抗する手段として、咄嗟にほかの方法が思い浮かばなかった」

「気にしないで。むしろ遠くにいて何もできないより、近くであなたの助けになれるのなら、そのほうが絶対にいいわ。そうするしかなかったのは理解してるし、ほかの令嬢の名前を挙げられなくてホッとしてるんだから」

なんの相談もせず勝手に決めたことを責めるどころか、事態を前向きに受け入れて笑顔を見せるフィラーナを、ウォルフレッドはそっと抱き寄せた。

「お前のことは必ず守る。それに、何か要望があれば言ってくれ」

ウォルフレッドの温もりに包まれたフィラーナは、幸せそうに微笑む。

「ありがとう。今は特に何か欲しいとかは……あ、それなら騎士団の訓練場を見せてもらうことはできるかしら？」

「……まあいいだろう。お前が急に乱入しなければな」

「そう、急じゃなければいいのね？」

その問いにウォルフレッドは、呆れたようにフィラーナの額を軽く小突くことで答えた。フィラーナがおかしそうに笑顔を見せれば、このお転婆娘の言動に慣れてきたウォルフレッドも、つられて笑みをこぼした。


ふたりは書斎をあとにし、絨毯が敷かれた廊下を進んでいく。少し離れてつき従うのは、フィラーナの護衛を任されることになったユアンである。彼女も護衛について、もう異議を唱えなかった。

階段を下りる際には、フィラーナの手をウォルフレッドが優しく引く。出くわした侍女たちは皆一斉に驚きの表情を浮かべたが、瞬時に壁際へ寄ると、静かに頭を下げ、ふたりが前を通り過ぎるのを待つ。これまで一向に女性を寄せつけなかった皇太子が、可憐な令嬢を引き連れ、さらには気遣うようにエスコートしているのを目の当たりにした侍女たちの反応としては、至極当然のものだろう。

背中にそんな視線を感じ、フィラーナは静かに口を開いた。

「ねえ、ウォル、私たち、あまり仲がいいところを見られたら、マズいんじゃないかしら……？」

「なぜ？」

「だって、私はいずれここを追い出されてしまう女なのよ。それまで仲がよかったのに、いきなりそんなことになったら、周囲が変に勘ぐるんじゃないかしら。それなら、最初から距離があったほうが『ああ、やっぱりか』っていう空気になりやすいんじゃない？」

「寂しいことを言うんだな」

「私だって、こんなこと言いたくないわ」

フィラーナは少しすねたように小さく頬を膨らませる。それを見たウォルフレッドが小さくため息をついた。

「そんな可愛い顔を見せられたら、人前だろうと関係なくここで抱きしめたくなるからよせ」

「え？」

「お前の言いたいことも、俺を気遣う気持ちもわかっている。今日は離宮からこちらに移った初日だから王宮を少し案内している、ということにでもしておくか。明日からお前の提案を受けよう。だが、ふたりきりの時は覚悟しておけよ」

フィラーナを見下ろして、ウォルフレッドが口角を上げる。その艶めいた笑みに、フィラーナの心臓はドキンと跳ね、身体が一気に熱くなった。

（え、待って、ウォルってこんなこと言う人だったの……？　ユアン様に聞かれてるかもしれないのに……！）

日頃の冷淡さゆえに『氷の皇太子』と呼ばれている人物と、目の前で甘い表情を見せるこの男は、本当に同一人物なのか。

赤くなっているであろう自分の顔を見られたくなくて、フィラーナは慌てて横を向いた。

ウォルフレッドはおかまいなしにフィラーナの手を取り、再び廊下を歩きだす。その角を曲がった時、前方から誰かこちらへ向かってくるのが見えた。

フィラーナが初めて見る、グレーの髪色をした年配の男性だ。やや猫背で身体つきは細いが、上質な紺の上衣と後ろに四人も従者を従えている様子から、それなりの身分の者だと察しがつく。

「これはこれは、皇太子殿下……」

向こうもウォルフレッドたちに気づき、歩みを止めて恭しく頭を垂れた。

ウォルフレッドの纏う空気が一瞬にして、氷のような冷たさへと変わる。それを感じ取ったフィラーナは歩く速度を緩めようとしたが、ウォルフレッドはそのままフィラーナを引っ張るようにして無言で前に進んでいく。

その年配者は、ウォルフレッドが近づいているのがわかりながらも、廊下の中央に立ったまま端に寄ろうとしない。まるでわざと立ちはだかっているような様子に、フィラーナも戸惑いと不快感を抱かずにはいられなかった。

仕方なく、ウォルフレッドが手前で歩みを止める。

「グラン卿、息災にお過ごしか」

気遣うような言葉とは正反対に、ウォルフレッドの声は氷のように冷え切っている。

グランというのがこの尊大な人物の名前なのだろう、彼は顔を上げるとやや目を細めて穏やかに微笑んだ。

「皇太子殿下から、そのようなお声がけをいただけるとは、光栄の極みでございます。今日は陛下のご尊顔を拝しに参った次第にございます」

「見舞いか。陛下もさぞ喜ばれたであろう。私からも礼を言うぞ」

「重ね重ねありがたきお言葉、恐悦至極にございます。……その方がもしや噂の……」

グランは横に視線を移す。フィラーナはドレスをつまんでお辞儀をしたが、グランの細い目の奥に一瞬鋭いものを感じ、思わずウォルフレッドの手をぎゅっと握った。

「殿下の婚約者候補の方でいらっしゃいますな。なるほど、これはお美しく気品に溢れたお方だ。殿下のお心を開かれた女性は、初めてでいらっしゃいますな」

「まだそうとは決まってはいない。先を急ぐので、失礼させてもらう」

グランは、スススッと廊下の端に寄った。ウォルフレッドはフィラーナの腰に手を回し、彼女を守るようなかたちで足早にその場を去る。

しばらく無言で歩いていたが、次の角に差しかかった時、ウォルフレッドが口を開いた。

「お前はずっと離宮にいたから会うのは初めてだったな。あの男は亡き皇妃の伯父で、元宰相のグランだ。テレンス派の中枢だと言っても差し支えない。昔のよしみで、時折、父を見舞っている」

フィラーナの顔が青ざめていく。つまり、幼いウォルフレッドに毒を盛ることを画策した人物のひとりだ。先ほどのウォルフレッドの態度も頷ける。

「そんな人が陛下に近づいて、大丈夫なの……？　陛下は、昔の毒入り事件の黒幕が誰か、ご存知ではないの？」

「確実な証拠がないのに罪には問えない。父は裁判においても曖昧さを嫌う性格だ。それに、グランは父の若い頃の治世に尽力した人物でもある。父の心の中には、まだグランへの信頼が残っているんだろう。だが、父についている近衛騎士には、常にグランの動きに目を光らせるよう指示をしてある。ヤツが何か手を下すことはできない状況だ」

それを聞いて、フィラーナの不安が少しだけ解消された。

「それに、父に死なれて困るのはグランだからな。皇妃が病死すると、それまでその権威で繁栄していた彼ら一族は急激に力を失っていった。グランも例外ではなく、最後は自ら宰相を辞任したほどだ。それを友人として時々招き、グランの体裁を保っているのは父だ。だが――」

ウォルフレッドは、一旦、言葉を切った。

「仮に父が崩御し、俺が帝位につけば、ヤツの居場所はたちどころに消える。それどころか、俺が証拠不充分でも昔の因縁を蒸し返し、独断で極刑を下すかもしれないと恐れているかもしれないな」

極刑――つまり、死刑。だから、あんなにご機嫌を取るような言葉を並べ立てていたのか、とフィラーナは納得した。しかし道を譲らない態度は、こんな若造にナメられてたまるか、というグランのプライドの表れなのかもしれない。

「俺が皇太子でいることはヤツにとって極めて都合が悪い。だが、テレンスが皇太子になればその不安から解放され、過去の栄光を再び手にすることもできる」

フィラーナはふとウォルフレッドの顔を窺ったが、その表情はいつもと変わらず平然としたままだ。おそらく、こうした状況は彼にとって当たり前であり、日常なのだろう。そう思い、フィラーナの胸に悲しみの波が押し寄せてくる。

いつの間にか騎士団の訓練場に到着した。金属のぶつかり合う音がするほうに目をやると、数人の騎士が訓練用の剣を交じえている。フィラーナは彼らの気が散らないよう、少し離れた柱の陰から見学させてもらうことにした。だが、いつもなら心躍る光景なのに、先ほどの話の内容のせいか、気分が高揚しない。

再び自室に戻る途中、フィラーナはウォルフレッドの腕をぎゅっとつかんだ。

「ねえ、ウォル……私に何かできることはない？　いつもいつも気を張っていたら、疲れてしまうわ。私は無力だし、こんなこと言うのはおこがましいってわかっているけど……」

ウォルフレッドは立ち止まると、力なく瞳を伏せるフィラーナの肩を抱き寄せる。

「さっきの話で余計な心配をかけたな。悪い」

「いいえ、何も話してくれないほうがつらいわ。どんなことでも目を背けずに、ちゃんと知っておきたいもの」

「そうか。そういうまっすぐなところも、俺がお前に惚れている一因だ。俺のことなら心配するな。手をこまねいて何もしていないわけじゃない。それにお前は無力なんかじゃないぞ。フィラーナがそばにいれば、俺はいつだって強くなれる」

よどみのない声がフィラーナの胸に響く。先ほどから心にかかっていた靄《もや》が、少しずつ晴れていくようだった。

(私ももっと強くならなきゃ……どんなことがあっても、いつでもウォルの〝安らげる場所〟になるために)

フィラーナは優しく微笑み返すと、自分の手をウォルフレッドの腕に絡ませた。

フィラーナが王宮の本館に移って三週間。あれからグランと出くわすことはなく、ウォルフレッドの身にも特に危険な兆しは見えず、すべてが杞憂のように平穏な日々が流れていった。

そんな中、嬉しい出来事といえば、ルイーズが時折フィラーナを訪問してくれることである。

提案通り、ウォルフレッドは日中、フィラーナとの接触は避けている。そのため、彼女が寂しがることのないように、友人のルイーズの登城を特別に許可したのだ。

ルイーズの実家であるコーマック男爵家も小さな領地を有してはいるが、一年のほとんどを帝都の屋敷で過ごしているため、ルイーズ自身いつでもフィラーナに会いに来られる環境にあった。

フィラーナもただルイーズと部屋で過ごすだけでなく、たまに庭園を散歩したりと外に連れ出すことも欠かさない。それはルイーズをセオドールに会わせる時間を作るためだった。セオドールもルイーズが来る日は外に出てきて、二人で四阿《あずまや》でおしゃべりを楽しむ。しばらくするとフィラーナが、『その辺を散策してくる』と護衛のユアンを伴ってさりげなくその場を離れるのだ。

「ごめんなさい、私ばかり楽しい時間を過ごして……。フィラーナは皇太子殿下とあまりうまくいってないんでしょう？」

ある日の帰り際、ルイーズが伏し目がちに謝ってきた。

「え、えっと、大丈夫よ。ほら、殿下は前からあんな感じだったじゃない」

「でも興味がないなら、フィラーナを早く解放してあげるべきだわ。ずっとここに閉じ込められていたら、せっかくの美しい花も枯れてしまうわ」

ルイーズはどうやらここでフィラーナが飼い殺し状態になっているのでは、と心配しているようだ。

「ち、違うから。そんなことはないから安心して。殿下とは、時々お話しすることもあるのよ」

フィラーナは慌てて首を横に振り、笑顔を見せる。

ルイーズは知らないのだ。時々どころか、毎晩こっそりとフィラーナの部屋を訪ねてくるウォルフレッドが、存分にこの可愛い恋人を甘やかしている事実を。

ふたりきりになると、ウォルフレッドはフィラーナの肩を抱き、ぴったりと寄り添うように隣に座り、話をしている間も彼女の蜂蜜色の髪を優しい手つきでずっと撫でている。そして決まって帰り際には、熱い抱擁と口づけから、なかなか解放してくれないのだ。

(もっとも、こちらも溺れてしまいそうになって、抵抗できなくなるから、文句は言えないんだけど……)

昨夜の記憶が鮮明に蘇ったところで、フィラーナの顔から湯気が出そうになる。

「フィラーナ、顔が赤いわよ、具合でも悪いの？」

「だ、大丈夫。なんでもないから」

純粋に心配してくれる友人に、本当のことを言えないもどかしさで胸を痛めるフィラーナだった。


しかし、その数日後、今度はフィラーナのほうがルイーズを心配する事態になっていた。

いつものように部屋でふたり、刺繍をしながらおしゃべりをしていたのだが、いつも手先が器用で、瞬く間に繊細で素晴らしい刺繍を仕上げるルイーズの針が一向に進まない。そういえば、先ほどから話は上の空で、どことなくその瞳も虚ろだ。

「ルイーズ、何かあったの？　心配事？」

そっと声をかけると、ルイーズは弾かれたように顔を上げたが、なぜか視線をさまよわせたあと、再び下を向いた。

「……なんでもないわ」

「大丈夫？　顔色も優れないみたいだし。体調が悪いのに私との約束だからと無理をさせてしまったのね」

「そんな、あなたのせいじゃないわ……」

そう言って口ごもるルイーズに、フィラーナは気遣うような眼差しを向けた。

「本当に何かあったのなら相談に乗るわ。もしかして……セオドール殿下のこと？」

ルイーズは顔を上げ、フィラーナをじっと見つめていたが、沈黙を破るように小さく口を開く。

「……セオドール様じゃなくて、皇太子殿下の噂を……このままじゃ、あなたが」

「噂……？　私……？」

フィラーナがやや目を見張って聞き返すと、ルイーズはハッと我に返ったように身体を揺らし、手元の刺繍道具を裁縫箱に片づけ始めた。

「……ごめんなさい、今日は失礼するわね」

馬車まで送るというフィラーナの申し出を断ると、引き止める間も与えずにルイーズは慌ただしく部屋を出ていってしまった。

「お珍しいですね、ルイーズ様はもうお帰りですか？」

呆然とするフィラーナに、入れ替わるように入室してきたメリッサが声をかける。

そして、「これは？」とソファに残された紺色のリボンを拾い上げた。それは、ルイーズの裁縫箱に飾りとしてあしらわれていたものだ。

次に来た時に渡そうか。だが、先ほどのルイーズの様子が頭から離れない。何か悩んでいるのは明らかだ。

（それに、ウォルと私に関することで、何を言おうとしていたの……？）

フィラーナはリボンを受け取ると、すっくと立ち上がって扉へと足早に向かう。帝都に来て初めてできた友人なのだ。何か心配事があるなら、話を聞いてあげたい。

「追いかけて渡してくるわ。すぐ戻ってくるから、ユアン様にはここで待機していてもらうよう伝えて」

護衛がそばにいると、かえって何も話してくれなくなるかもしれない。

フィラーナはメリッサの返答も待たず、部屋を飛び出した。

階段を駆け下り、ルイーズの姿を探す。すると、廊下の先にリボンと同じ紺色のドレスを見つけ、あとを追いかけた。

「ルイーズ！」

その声にビクリと反応して、彼女が振り返った。驚きで目を見開いたまま、懸命に走ってくるフィラーナを凝視する。

「これ、忘れ物……」

「わざわざ……ありがとう」

差し出されたリボンを受け取ってすぐに踵を返そうとするルイーズの腕を、フィラーナがサッとつかんだ。

「ルイーズ、やっぱり様子がおかしいわ。何かあったなら話してくれない？」

ルイーズはうつむいたまま何も答えない。

「皇太子殿下の噂って、なんなのか教えて」

すると、ルイーズは急に険しい表情を見せたかと思うと、次は困惑したように首を何度も小さく横に振った。

「……こっちに来て」

ルイーズは警戒したように一瞬だけ周囲を見渡したが、使用人も衛兵もいないことを確認すると、フィラーナの手を取り、先へと進んでいく。

角を何度か曲がり、いつの間にか人気のない場所の一室へたどり着いた。分厚いカーテンで窓は塞がれ、使われていない物が散乱している。そんな物置のような薄暗い部屋の中で、ようやくルイーズはその手を離した。

「ごめんなさい、廊下では話せないから」

「いいのよ。それより、一体どうしたの？」

ルイーズは躊躇していたが、ようやく重い口を開く。

「……皇太子殿下がイルザート王国の血を引いていらっしゃるのは、フィラーナも知っているわよね？」

「ええ……」

「殿下が昔のイルザートの重鎮だった人たちと密通していて、皇太子の地位を利用して、お母上の名誉回復と国家転覆のために陰で準備を進めている、って噂を聞いたわ。こんなことが陛下に知れたら大変よ。帝国に仇《あだ》なす反逆者に加担したとして、妃候補のフィラーナも一緒に捕らえられてしまうかもしれないわ」

「え、ちょっと待って……。いきなり何を言い出すの？」

フィラーナはあまりにも突拍子もない話の内容に、すぐに理解が追いつかない。

だが、ルイーズの顔には切羽詰まった、焦りにも似た気迫を感じる。

「早く王宮から逃げて。皇太子殿下にはかかわらないで。私、フィラーナだけは助けたいの」

「ルイーズ、お願い、落ち着いて。もう一度、わかるように説明してくれない？」

フィラーナがルイーズの肩をつかんだ、その時――。

背後に誰かの気配を感じて振り返ると、そこには黒いフードを被り口元を布で覆った男が立っていた。ギョロリと目だけが動き、自分を見下ろす冷たい視線にフィラーナの背筋が凍る。

本能的に危険を察知して離れようと足を動かしたが、すぐさま口元に厚い布があてがわれ、何かを吸い込んでしまった。たちまち意識が朦朧となり、フィラーナは力なくその場に崩れ落ちる。

「裏切りはよくないな、男爵家のお嬢さん」

「ち、違うわっ……。彼女は無関係よ……！」

男とルイーズの会話を聞き取るため意識を繋ぎ止めようと、フィラーナは必死に唇を噛み続けたが、それも限界に達したようだ。

遠のいていく意識の中、「フィラーナ、ごめんなさい……」と謝るルイーズの声を捉えた気がした。

フードつきの黒い外套を頭から被った男がふたり、丸められた絨毯のような長い筒状の布を肩に担ぎ、暗い階段を下っていく。やがてたどり着いた資材置き場のような一室で、彼らはその筒状の布を床に下ろすと、その端の部分を持って思い切り引っ張った。

クルクルと布が三回転し、中から黄色のドレスを纏った蜂蜜色の髪の娘が転げ出る。しかし、娘は意識を失っているのか、手足を投げ出したまま微動だにしない。

男たちは部屋の扉に施錠し立ち去ったが、鍵を持っているほうの男が、ふと途中で足を止めた。

「あの娘を見張っとく」

その男の目に少し欲情の色が浮かんでいることに気づいた片方の男は、呆れたようにため息をつく。

「悪いクセだな。言われてるだろ、手ぇ出すんじゃねえぞ」

「わかってら。ちょっと味見するだけならバレねえだろ」

鍵を持った男は卑しい笑みを浮かべながら、来た道をひとり戻り始める。

「ちょっと見ただけだったが、イイ女だったな」

独りごちながら、娘を閉じ込めた部屋の扉を開けた途端、男の脇腹に鋭い痛みと衝撃が走った。「ぐへっ」と情けない声を発し、よろめいて床に膝をついた瞬間、さらに後頭部に激しい一撃が叩き込まれる。「うっ……」という呻き声とともに、男は正面から床に倒れ込み、動かなくなった。

それを見下ろすフィラーナは、肩で大きく息をしながら、少しだけ安堵の表情を浮かべた。額には汗が浮かび、緊張で心臓の音が全身に響き渡っている。その手には腕の長さほどの木の棒が握られていた。

フィラーナはすぐさまあたりを見回して、見つけたロープで男の身体を縛り上げると、次に自分のドレスの裾を引き裂き始めた。そして細い布状になったそれを猿ぐつわのように男の口に巻きつける。いずれ意識を取り戻すであろうが、その時に助けを呼ばれてはかなわない。

（こっちにも武器が必要だわ）

男が腰に佩《は》いている剣を抜き、立ち上がる。

実は、フィラーナはここへ運び込まれる途中で目が覚め、完全に意識を回復させていた。ルイーズと会った部屋で怪しげな男に口元に布を押しつけられた時、危険を察知して瞬時に息を止め、必要以上に薬を吸い込むことを阻止したのである。

そのため気を失っている時間が少なく済んだのだが、何やら布のような物で全身を簀《す》巻《ま》きにされているので、身動きが取れない。だからといって、もがいたり声をあげたりすれば、自分を拉致している連中に気づかれ、再び薬を嗅がされる可能性がある。だから、気を失ったフリを続け、反撃の機会を窺っていたのだ。

監禁場所が資材置き場だったのも、不幸中の幸いだった。男たちが一旦、立ち去ったあと、素早く起き上がり、何か武器になりそうな物を急いで探す。手頃な棒を見つけたところで近づいてくる足音が耳に届き、剣術の突きの構えで、息を殺して扉の横に立っていたのだ。

（これも剣と身体の軸がぶれないよう、厳しく指導してくれたおかげだわ……クリストファー、本当にありがとう！）

エヴェレット侯爵家の騎士団に所属している従兄弟に、フィラーナは心の中で最大の感謝を捧げつつ、男が持っていた鍵で外側から扉を施錠し、慎重に廊下を進んだ。

ここは一体どこなのか。目覚めかけていた時、馬車の振動のような揺れを感じていたから、おそらく王宮の外だ。

いずれにせよ、もし自分をさらった連中と遭遇しても、ドレスでは動けない。剣はあくまで護身用、今は闘うより、早くここを脱出しなくては。

それに、ルイーズはどうしたのだろう。最後に聞いた謝罪の言葉の裏には、何が隠されているのか。

フィラーナは剣を構えながら、あたりを警戒しつつ薄暗い廊下を進んだ。湿気を含んだひんやりとした空気から察するに、おそらくここは地下だ。

やがて上へと延びる階段へたどり着き、用心深く足を進めていく。小さな格子窓から漏れるわずかな光に石造りの通路が照らし出され、廊下がこの先にも続くことが確認できた。

（誰もいないのね……これなら案外、外に出るのは簡単かも……？）

足音をたてずに進んでいた時、急に曲がり角から、黒いフードを被った男が姿を現した。

「……っ！」

逃げ場もなく、フィラーナは諦めたように息を吐き出すと剣を構え直し、対峙する。

「……捕らえた女か」

男も一瞬驚いたようだったが、すぐに優越感を露にした。薄く笑いながら腰の剣を抜き、ゆっくりとフィラーナに近づいてくる。

「そんな物騒なもの、お嬢ちゃんには似合わないぜ。おとなしくしときな」

フィラーナは無言で唇を噛んだ。

油断していた。この場合、確実に男のほうが――。

男が間合いに入った瞬間、フィラーナは剣を思い切り振り上げた。

ギンッ、と金属音が響き、男の手から剣が弾き飛ばされる。突然繰り出された剣技に唖然としている男に向かって、フィラーナは再び剣を振り下ろした。男も反射的に身体をのけぞらせたが、フィラーナが体勢を低くし、間髪入れずにその足元を薙《な》ぎ払ったため、男はバランスを失い、無様にひっくり返った。

その横をすり抜け、フィラーナは一目散に駆け出す。

しかし、背後からの「女が逃げたぞ！」という叫び声で押し寄せてきた男たちに、通路の前後を塞がれた。皆一様に黒いフードを被っていて、その不気味さに圧倒されてしまう。

フィラーナは向かってくる攻撃をかわし、剣で受け続けたが、本気を出した男の力に女が敵うはずもない。何撃目かで剣を弾き飛ばされたかと思うと、男たちによって身体を床に押さえつけられた。

「離して！」

だが抵抗虚しく、すぐさま後ろ手に縛られてしまった。乱暴に腕をつかまれたまま、どこかに引きずられていく。

古びた木製の扉が開いた先は広間のような部屋だった。その中央まで連れてこられると、無理やり上から頭と肩を押さえられ、強制的に跪《ひざまず》く体勢を取らされる。すぐさま周囲を見渡すと、すでに二十人ほどに囲まれていた。どうあがいても、逃げることは不可能だ。

その時、バタンッと扉が開き、誰かが駆けてくる足音が聞こえてきた。フィラーナが顔を上げると同時に、長い黒髪が視界に入る。

「フィラーナ！」

ルイーズがフィラーナの身体に抱きついてきたのだ。

「ルイーズ、無事なのね⁉　ああ、よかった！」

フィラーナも抱きしめ返したかったが、背後で手を縛られているので笑顔で応えるのが精一杯だった。

「ごめんなさい、フィラーナ、私の不注意であなたを巻き込んでしまって……ああっ！」

眉根を寄せていたルイーズの顔が、次の瞬間、苦痛の表情へと変わる。

彼女の背後に音もなく男が現れ、その髪をつかんで、無理やり立たせたのだ。

「いきなり何するの！　ルイーズを離して！」

フィラーナは咄嗟に男を睨みつける。その声に反応するように、男はギョロリと目を動かしてフィラーナを見下ろした。黒い布で口元を覆ったその男の姿に、フィラーナの身体が強張る。間違いない、王宮の一室でフィラーナを背後から襲った男と同一人物だ。

男は乱暴に手を離すと、よろめいて床に膝と手をつくルイーズに視線を動かした。

「今さら善人ぶるのはよせ、男爵家のお嬢さん。あんたのせいで、お友達はこんな目に遭ったんだ。裏切って誰かに話さないかと懸念したあの方の命令で、あんたを見張ってて正解だったぜ」

ルイーズはうつむいたまま何も答えない。だが、彼女が何かに巻き込まれているのは確かだ。

フィラーナが何か言葉を発しようとした時、続き部屋の扉が開き、コツコツと床に靴音を響かせてこちらに誰かが近づいてくる気配を感じた。

「よさないか。未来の皇妃様に向かって手荒な真似をするでない」

少ししわがれた男性の声が部屋に響き、その場にいた男たちが一斉に頭を垂れる。

フィラーナはハッとして顔を上げ、思わず息を呑んだ。

目の前に現れたのは、一度だけ王宮で遭遇したやや猫背の年配の男性――元宰相のグランだった。

「サイモン、皇妃様を立たせてやりなさい」

その言葉に、ギョロ目の男が素早く動く。サイモンというのがこの男の名なのだろうか。

しかし、フィラーナはそのあとのサイモンの行動に驚きを隠せなかった。彼は自分ではなくルイーズの腕を取って立たせ、彼女に向かって恭しく頭を下げたのだ。

グランも当然のことのように、その光景を見ている。フィラーナだけが疑問を感じているのだ。

（ルイーズが……未来の皇妃……？）

呆然としているフィラーナに、グランが口元を歪めながら笑みを浮かべた。

「ご自分が皇妃の扱いを受けるべきだったはずでは、とショックを受けておられるのかな？」

「……まさか。私はそんな身分に値する人間じゃないわ。ただ、単純に驚いているだけよ。あなたが、ルイーズに何か吹き込んだのね？　イルザート残党による国家転覆なんてでっちあげも、あなたが考えたことでしょう？」

フィラーナは硬い表情で、グランをじっと見据えた。

「ほう……自分が劣勢でありながら、まだそのような気概を見せるとは、なかなか肝の据わったお嬢さんだ。だが、でっちあげではない。皇太子はこの国にいずれ害を及ぼす。私はこの国の元重鎮として、国の平和を願っているだけだよ」

「この国に害を……？　自分に害を、の間違いでしょう？　過去の過ちから逃れられないことを恐れて」

「……生意気な小娘だ。このあと、ろくな死に方をしないことを約束してやろう」

「ルイーズを解放して。彼女をどうするつもりなの？」

グランの脅しとも取れる発言にも動じず、フィラーナはキッと睨みつける。

「これまで一度もお妃候補に興味を持たなかった皇太子殿下が、私を残したことで、あなたは相当焦ったはずよ。もし、皇太子殿下が〝本気〟だとしたら、このまま結婚していずれ子が生まれる。そうしたら、テレンス殿下の帝位継承は、さらに遠のく可能性が高まる」

「ほう……それで？」

「だから、私が早く王宮から出ていくように、皇太子殿下から離れるよう進言する役をルイーズに担わせた。そしてイルザート王国絡みのクーデターを起こし、皇太子殿下を失脚させたあと、テレンス殿下を後釜に据えることであなたは一生安泰になる。ルイーズへの報酬は……」

フィラーナは、一旦、息を整えた。

「テレンス殿下との結婚で得られる皇妃の座、ってところかしら。でも、ルイーズが私を心配するあまり、余計な計画まで話したものだから、監視役として常に動向を見張っていたその男に、私は口封じのために連れ去られた」

すると、グランはおかしそうに、ククク、と喉の奥を鳴らして笑い始めた。

「……何がおかしいの？　まあ、いいわ。ひとつ教えておいてあげる。いくら皇妃の座が魅力的だからって、ルイーズは好きでもない人と結婚するような、頭の弱い女性じゃないわ。想いを寄せている人にまっすぐな、心の綺麗な女性なの。あなたの計画に加担するはずないわ」

「想いを寄せている人、とは……セオドール殿下のことを言っているのかね？」

グランの言葉に、フィラーナは驚愕して顔を引きつらせた。

（今、なんて……？）

「やはり小娘の考えは浅いな。残念ながらテレンスは我が血縁者でありながら、到底統治者には向いていない。嘆かわしいが、姪である亡き皇妃が甘やかしすぎたのが原因で、少々問題のある人間になってしまった。しかし、さっきも言った通り、私はこの国の元重鎮として、国の平和を願っている。この国を愛しているからこそ、相応しい人材に王になってもらわねば。……そう、まだ真《ま》っ新《さら》な状態の、セオドール殿下に」

真っ新な状態、という表現に、グランの野望を感じ取ったフィラーナの顔が一瞬で青ざめる。グランはセオドールが帝位に就いた暁には、それに尽力した〝功臣〟としてその後見となり、彼を〝傀儡《かいらい》の王〟にするつもりでいるのだ。

「あなた……血の繋がったテレンス殿下を見限るというの……？」

「ルイーズ嬢とセオドール殿下の関係に気づき、教えてくれたのはテレンスだ。それは評価してやってもいい。おかげで、ルイーズ嬢を引き込みやすくなった。彼女にセオドール殿下を説得してもらったあと、彼には皇太子失脚の陣頭指揮を執ってもらうつもりだ」

フィラーナは佇むルイーズに視線を移したが、彼女はじっとうつむいたまま無言を貫き通している。

（ルイーズ……否定しないのね……）

その様子に失意を感じながらも、フィラーナはすべてにおいて合点がいった。

セオドールとの仲を知ったグランが、王宮に出入りするルイーズにいつの間にか接触し、話を持ちかけたのだ。セオドールと一生添い遂げることができて、なおかつ皇妃にもなれるというグランの言葉は、いずれセオドールは名門貴族の娘と結婚してしまうのではと不安を感じていた彼女の心に、さぞ甘美な夢を抱かせたことだろう。

それを見逃さなかったグランは、言葉巧みにルイーズに揺さぶりをかけ、自分側に引き込んだのだ。

「おしゃべりがすぎたな。予定外だったが、駒は多いほうがいい。お前には穏便にことを運ぶための人質になってもらうぞ」

「皇太子の座を明け渡す要求の際に、私を使おうとでも言うの？　あいにく、殿下はそんな肝っ玉の小さな人じゃないわ。私の命ぐらいで、悪党どもにこの国の将来を渡すものですか」

「じゃあ、試してみるか。お前の命とはいかなくても、その腕の一本、斬り落として送りつけても、あの男が果たして平静を保っていられるか。……サイモン」

グランの命令で、サイモンがゆっくりと動きだす。弾かれたように顔を上げたルイーズが「やめて！」とサイモンの腕をつかんだが、非情にも振り払われ、身体が床に叩きつけられる。

サイモンの剣先が鈍い光を放つのを見て、フィラーナは瞳を閉じた。

思い浮かぶのは、仏頂面で不機嫌でぶっきらぼうなのに、本当はとても優しくて、不器用ながらも自分を大事にしてくれるウォルフレッドのこと。一緒に過ごしたのは短い期間だったが、彼が皇太子としてこの国のために尽力していることは、充分に感じることができた。これからもきっと、この国をいい方向へと導いてくれるだろう。

だからこそ、自分の存在のせいでその志を断たせてはいけない。自分が足枷になるようなことは、絶対にあってはならない。

敵に利用されるくらいなら……舌を噛んで、自ら命を絶とう。

（ウォル……私、あなたに会えてよかった……あなたに恋して、幸せだった……）

フィラーナの身体から力が抜け、閉じた瞳からひと筋の涙が頬を伝い落ちる。

サイモンが彼女の腕を取り、剣が頭上へと振り上げられた、その時――。

黒い影が突然、フィラーナの前に飛び出した。耳を劈《つんざ》くような金属が激しくぶつかる音に、フィラーナがハッとして顔を上げると、グランの手下と同じ外套を纏いフードを被った人物の背が見えた。彼女を守り、サイモンの剣を迎え撃っている。

力で押し負けたサイモンが後ろに下がりながらも体勢を整え、再び今度は下から剣を振り上げる。間一髪、目の前の人物はその攻撃をかわしたが、剣先がフードの端にかかり、布が引き裂かれると同時に頭部が露になる。

薄闇の中に浮かぶ、ダークブラウンの髪。

フィラーナの瞳が、驚きで大きくなった。

「ウォル……っ!!」

一瞬振り返ったウォルフレッドが、フィラーナを安心させるように口角を上げる。

しかし、再び前方を向くと剣を天井に向けて掲げ、声を張った。

「ひとり残らず、捕らえよ！」

まるでそれが合図のように、手下の半数ほどが一斉に外套を取り払った。

「な、に……⁉」

グランやサイモン、そのほかの者たちの表情が狼狽の色に染まっていく。外套の下に隠されていたのは、騎士団の黒い騎士服だったのだ。

次々と騎士たちは剣を抜き放ち、手下どもに向かっていく。たちまち剣のぶつかり合う音が無数に響き渡り、大広間は大乱闘の渦に巻き込まれた。

フィラーナは素早く立ち上がろうとしたが、後ろ手に縛られているので身体のバランスが保てず、フラフラとよろめく。そんな彼女の肩を支えたのは、ウォルフレッドと同じく潜入していたユアンで、彼女を縛っていた縄を剣で手早く切る。

「遅くなり申し訳ありません、フィラーナ様。外に騎士団が待機しています。安全な場所へ、早く」

ユアンに促され、足を前に出しかけたフィラーナが振り返ったのは、何度目かの撃ち合いの末、ウォルフレッドがサイモンを斬り伏せた瞬間だった。

自分を守っていた手下たちが次々と床に沈み捕らえられていく様に、グランはうろたえ、足をもつれさせながら戸口に向かって走りだす。「逃すか」とばかりに、ウォルフレッドが放った剣がグランの頬を掠め、そのまま扉に突き刺さった。グランはその場にへたり込む。

「ウォル！」

フィラーナは思わず、床に転がっていた敵の剣を拾い上げ、ウォルフレッドに放った。宙で受け取ったウォルフレッドが、その剣先をグランの喉元に突きつける。この国のかつての宰相は、観念したように力なく項垂《うなだ》れた。それを合図に、騎士たちは一斉にグランを取り囲み、ユアンがその腕を取って大広間の外へと引き上げていく。

ホッとしたのも束の間、フィラーナはルイーズの姿がないことに気づいた。

（どこ……⁉）

広間を飛び出したフィラーナの視線が、通路の先を駆けていくルイーズの背中を捕らえる。

「ルイーズ‼」

フィラーナは叫んだが、聞こえているのかいないのか、ルイーズは走る速さを緩めない。階段を駆け上がり、上階に並ぶ扉のうちのひとつを開けて中に滑り込んだ。

そのままバルコニー目がけて走っていく。だが、その手前のガラス扉には鍵がかかっているらしく、何度押しても開く気配がない。そうしているうちに追いつかれ、振り返ったルイーズは身体を硬直させた。フィラーナの後ろに、ウォルフレッドをはじめとする数人の騎士が立っている。

「ウォル……ここは私に任せて。ルイーズと話をさせて」

すぐさまルイーズの表情に危ういものを感じ取ったフィラーナが、ウォルフレッドに懇願する。少し間を置いて、彼は渋々頷いた。

「廊下に待機している。何かあったら、すぐ叫べ」

小声で約束を交わすと、ウォルフレッドと騎士たちは扉の外に出た。

静寂が部屋を包む。

「ルイーズ……ほら、こっちに来て……？」

穏やかな微笑みを浮かべたフィラーナは両手を差し伸べながら、ゆっくりと前へ歩を進める。

バルコニーから飛び降り、すべてを終わらせようとしている自分の考えを、この親友に見透かされていると、ルイーズは悟った。

「来ないで……！」

ルイーズは袖口に隠し持っていた短剣を取り出すと、暗い表情のままフィラーナに切っ先を向けた。

「ルイーズ、そんなことしなくても大丈夫よ。もう全部終わったわ。ほら、一緒に帰りましょう？　また刺繍を教えてくれるかしら？」

フィラーナはルイーズを刺激しないよう、立ち止まって語りかける。しかし、彼女は短剣を握る手にさらに力を込めた。

「どうしてそんなことが言えるの？　私はあなたを陥れようとしたのよ？　もとに戻れるわけないじゃない」

「ルイーズ、あなたはただ利用されていただけ。セオドール殿下と離れたくない一心で、巻き込まれてしまっただけなのよ」

「本気でそう思っているの？　私には野心のひと欠片《かけら》もないと……？」

自分の中の感情を抑え込もうとしているのか、ルイーズが青ざめた唇を震わせる。

「私はひどい人間なのに、そうやって人格者ぶる……偽善者のあなたが嫌いよ！」

『偽善者』という言葉がフィラーナの胸に突き刺さる。しかし、今にも泣きそうなルイーズの顔を見て、わざと嫌われるように彼女がそう言ったのではないかと、フィラーナは思った。

「お金の苦労もなく、何不自由なく育ってきたフィラーナに、私の気持ちがわかるはずないわ……。父が事業に失敗して、古い友人だったミラベルのお父上に借金を重ねて。私たち家族は、貴族とは名ばかりの貧しい生活を強いられてきた……。妃候補として王宮に呼ばれても、ドレス一着すら新調できない有り様よ」

ため息をついて、ルイーズは話を続ける。

「アルバーティ伯爵家のお茶会にも、伯爵や夫人の機嫌を損ねてはいけないと父に諭されて、嫌々ながらも何度も足を運んだわ。ミラベルやその友人たちから嫌がらせを受けて、バカにされても、家のために仕方がないと耐えて、諦めてきた……」

ルイーズの話に耳を傾けながら、フィラーナは初めて離宮で候補者全員が顔を揃えた時、ミラベルがルイーズに対し、あからさまに嫌味な態度を取っていたことを思い出した。再会したふたりの上下関係は、過去を引きずったまま何ひとつ変わっていなかった。

「でも、私が皇妃になれば、あらゆる人間を跪かせることができるのよ。自分を中心に世界が回ってると勘違いしてる、あの高慢なミラベルでさえもね……！　そう思ったら、快感で身体が震えたわ……‼」

ルイーズはカッと目を見開くと、楽しそうに口を開けて笑った。そこには、フィラーナの知る、思いやりに溢れた心優しい友人の姿はない。

権力とは、こうも人を変えてしまうのか。

フィラーナの胸は悲しみに打ちひしがれそうになった。

それでも、ルイーズを絶望の淵に置き去りにしておくことはできない。フィラーナはゆっくりと前に歩を進めると、それに気づいたルイーズは慌てて笑みを消した。

「……来ないで。これで終わりよ」

そう呟き、ルイーズは短剣の先を自分のほうに向ける。その瞬間、フィラーナは短剣を奪おうと、彼女の手に飛びついた。

「バカなことはやめて！」

「離してったら！」

激しくもみ合う中、突然フィラーナは脇腹に強い衝撃を受け、ルイーズの動きが止まる。

フィラーナが恐る恐る視線を下に向けると、自分の脇腹部分のドレスがみるみるうちに真っ赤に染まっていくのがわかった。同時に熱い痛みに襲われ、ドサリと床に倒れ込む。同時に、ルイーズの手からは血にまみれた短剣が滑り落ちた。

「ああ、ああ……」

身体を震わせながら、ルイーズもその場にしゃがみ込む。

物音を聞きつけ、部屋に飛び込んできたウォルフレッドの動きが一瞬、止まった。

「フィラーナ‼」

しかしすぐに駆け寄り、彼女の身体を抱き起こすと、傷口を手で塞ぐ。

「しっかりしろ、フィラーナ！　ユアン、侍医を呼べ、早く！」

ユアンと数人の騎士が廊下を駆け出していく。必死の形相で自分を抱き寄せるウォルフレッドに、フィラーナは力なく微笑むと、今度はルイーズに向かって小刻みに震える手を伸ばし、彼女の手にそっと重ねた。

……例え偽善者と言われても、私はあなたが好きよ、ルイーズ……。

そんな思いが通じたのか、ルイーズはフィラーナの手を握り返すと、すがりつくようにして声をあげて泣いた。

自分の名を呼び続ける声と、誰かの嗚咽を遠くに聞きながら、フィラーナはゆっくりと意識を手放した。

それぞれの道

　柔らかな森の木漏れ日。耳に心地よい音楽を奏でる、鳥のさえずり。

　フィラーナの目の前には、懐かしい故郷の湖の風景が広がっていた。お気に入りの場所のひとつ。

（私、どうしてここに……確か、脇腹に短剣が刺さって……）

　やや混乱しながら目を凝らすと、湖畔に誰か座っている。自分と同じ蜂蜜色の長い髪の女性だ。何やら歌を口ずさんでいる。フィラーナはそれに聞き覚えがあった。

（あれは……お母様……）

　母が生前、よく歌ってくれた子守唄だ。

（お母様がいるということは……私、死んだのね……。魂だけ、故郷に帰ってきたんだわ）

　すぐに納得できたが、悲しみに胸が潰れそうだった。将来を誓ったのに、ウォルフレッドを遺してきてしまった。それに、あれからルイーズはどうなっただろう。

　フィラーナが唇を噛みしめていると、母が立ち上がって湖のほうへ歩いていくのが見えた。

「あ、お母様……！」

慌てて追いかけたが、母は立ち止まることなく、湖の中へ足を踏み入れた。

そして、思いもよらない情景に、フィラーナは思わず目を見張る。

母の身体は湖に沈むことなく、その水面を歩くように進んでいるのだ。フィラーナはしばらく呆然と眺めていたが、ハッとして再び追いかける。

(そうか、もう亡くなっているから沈まないんだわ。だったら、私も……)

フィラーナも同様に湖に入っていく。

「お母様、待って、私も連れていって……！」

しかし、すぐに異変に気づいた。自分の身体は、進めば進むほど、生きている時と同じように水中に沈んでいくのだ。

「どういうことなの？　お母様……！」

胸のあたりまで、水が迫ってきている。必死に前に向かって手を伸ばしたところで、ようやく母がゆっくりと振り返った。

「あなたは、まだよ、フィラーナ」

「えっ!?」

「早く、お戻りなさい。待っている人のところへ」

「どういうこと……！」

突然、フィラーナの身体が水中に完全に沈んだ。

（息が苦しい……！　どうして？　死んだはずなのに？　もしかして、私、まだ生きてるの……？）

フィラーナは陽の光を受けてキラキラと輝いている水面に向かって手を伸ばす。だが、いつの間にか身体は深く沈んでおり、息が続かない。

（私、生きなきゃ……こんなところで、終われない……！）

その時、フィラーナの手を誰かが力強くつかんだ。グイグイと引っ張られ、フィラーナはようやく水面に顔を出し、思い切り息を吸いながら――重い瞼《まぶた》を上げた。

（ここは……？）

視界が薄いベールのようなものに覆われているようではっきりとはしないが、森の中ではないことは確かだ。徐々に見えてくるのは、白い天蓋と、風に揺れるレースのカーテン。

身体に感じるのは水の冷たさではなく、シーツの柔らかさだ。

そして、誰かが自分の手を強く握りしめている。フィラーナは自分を引っ張ってくれたのはこの手だと直感した。そして、それが誰なのかもわかっていた。

「ウォル……」

掠れた呟きが、風に乗って消える。しかし、フィラーナの手を握りしめていた人物の耳にはしっかりと届いたようだ。

ウォルフレッドはフィラーナの眠る寝台に椅子を横づけして座り、彼女の手を握ったまま突っ伏していたが、すぐさま反応して素早く頭を起こす。

そして、その瞬間、目を見開いた。

腰を浮かせると、ぼんやりとしたように半分ほど開かれたフィラーナの瞳を覗き込むようにして、顔を近づける。

「フィラーナ……俺がわかるか?」

小さく首を縦に振ったフィラーナの頬に、温かいものが落ちてきた。ウォルフレッドの青みを帯びた緑の瞳は、涙に濡れて一層透明感を増している。

彼のもとに帰ってこられた安心感で、フィラーナの瞳からも涙が溢れ出た。

「ウォル……ごめ……なさい……まだ、声がうまく……出せなくて……」

自分の声が掠れているのがわかる。

「いい。今はまだしゃべるな。すぐに侍医と侍女を呼んでくるから」

ウォルフレッドはフィラーナの涙を指先でそっと拭うと、自分も目をこすって雫を飛ばし、微笑む。そして、フィラーナの額と唇に優しい口づけを落とし、急いで部屋をあとにした。

フィラーナはあれから、実に十日ほど昏睡状態にあった。幸いルイーズの持っていた短剣の刃渡りは通常より短かったため、傷はそれほど深くならなかった。また急所も外れていたことに加え、早めの止血処置により、一命を取りとめたのだった。

目覚めてからは快方に向かい、二日もすれば食事も、普段の半量ほどではあったが取れるようになっていった。

フィラーナは自分の容態が安定し、痛みや疲れも感じていないことを自覚してから、ようやく先日の事件のことと、その後について、ウォルフレッドに尋ねた。

あの日、フィラーナが連れ去られた場所は、帝都から少し郊外にあるグランの所有の別荘地跡で、反皇太子派の拠点のひとつとされていた。王宮が戦火に包まれた際、外への脱出口となる地下通路の存在を、グランは宰相の立場として知っており、そこから人目につかぬようフィラーナを運び出し、そこから馬車に乗せたのだ。ユアンは、フィラーナが部屋を出てからしばらくしてあとを追った。だが、宮廷内をくまなく探しても見つからず、早々に彼女の失踪がウォルフレッドに伝えられた。

ウォルフレッドは反皇太子派の拠点の数々を事前に調べ上げており、失踪とグランが結びついていると直感した。その動向を探っているうち、その別荘地跡にひとりの女性が入っていったという情報をつかんだ。それはルイーズだったのだが、失踪直前にフィラーナが彼女と会っていたことから、なんらかの関係があると考え、グランの部下を装って騎士団の面々とともに紛れ込んでいたのだ。

「グランの思惑を白状させてその場で一網打尽にしたほうが、この争いに片をつけることができる。……だが、いくら目的遂行のためとはいえ、お前を危険に晒したことには違いない。すまなかった」

「いいのよ。助けに来てくれて感謝してるわ」

真摯に頭を下げるウォルフレッドの手を、フィラーナは優しく握りしめ、柔らかく微笑んだ。

彼女が笑顔だったのには、もうひとつ理由がある。

ウォルフレッドがいなかった時、ユアンからこっそり聞いた話ではあるのだが、縛られたフィラーナが跪かせられた瞬間、ウォルフレッドは全身を怒りで震わせ、剣を抜いて飛び出していきそうになっていた。しかし、ここで動いてしまえば、計画は水泡に帰してしまうと、隣に立っていたユアンが必死に抑え込んでいたという。

『殿下には、私がお話ししたことは内密に願います。ご本人もバツが悪いでしょうから』と、ユアンに頼まれ、フィラーナはくすぐったい想いとともに、この格好悪くも愛しい男の真の姿を、胸にしまっておくことにした。

そのグランは、反逆罪で厳罰が下されることが決まった。

「陛下はとてもショックを受けていらっしゃるでしょうね……。信じていた友人だったはずだもの」

「だからといって、処分を甘くするなど愚かな真似はなさらない。この大国スフォルツァを統べてきた方だ。適正な判断をお下しになる」

「そうね……。テレンス殿下はどうなるの？」

「テレンスは今回、なんの関係もない。だが、本人はひとりだけ蚊帳《かや》の外……グランから見捨てられていたことが明らかになったわけだから、胸中は穏やかじゃないだろう。しかも、その身内は反逆罪で投獄され、あいつも王宮内では肩身の狭い思いを強いられている」

「……これからどうするの？」

「一度、テレンスがこれからどうありたいのか、話を聞こうと思っている。最初はなかなか腹を割って話してくれないだろうが、こうなったのは、これまでちゃんと向き合ってこなかった俺のせいでもある。たとえ拒否されても、根気よく足を運ぼうと思う。……お前が、ルイーズを見捨てなかったように」

ウォルフレッドは、フィラーナの肩をそっと抱き寄せた。

それから話題は、フィラーナが最も知りたかったこと――ルイーズについてのこととなった。

「ルイーズは……お前が目覚める前に、家族とともに帝都を去った」

「え……？」

「グランに利用されたとはいえ、ヤツに加担したことは紛れもない事実だ。本人も罪を認めていて、厳罰を覚悟していた」

だが、斬られそうになったフィラーナを身を挺して守ろうとしたこと、さらに父親のコーマック男爵が、その爵位と領地の返上を申し出たことから、恩赦が与えられた。

コーマック一家は国外追放を免れ、地方に転封となった。

「そのあと、ルイーズは山間《やまあい》の修道院に入ったそうだ。そこで罪を償いながら、修道女として余生を送ることを決めたんだろう」

フィラーナは咄嗟に言葉が出なかった。真面目なルイーズがけじめもつけずにいるとは考えていなかったものの、まさかそこまで自分を追い込んでいたとは思ってもいなかった。

「私の……責任、よね？　私がルイーズをセオドール殿下に会わせたりしなかったら、彼女はグラン卿につけ込まれたりすることはなかったはずよ……」

膝の上の拳をぎゅっと握りしめるフィラーナの肩を、ウォルフレッドはさらに強く引き寄せる。

「いや、ヤツの狙いは最初からセオドールだった。例えルイーズではなくとも、セオドールを唆《そそのか》す役目の女をグランは用意するつもりでいたはずだ。それに、人の心は誰にもわからない。グランの甘い言葉を回避しようと思えばできたはずだが、ルイーズは判断を誤ってしまった。それは彼女の弱さであって、お前にどうにかできることじゃない」

「でも、もうふたりが会うことはなくなってしまったわ。セオドール殿下が皇帝となったら、ますます距離が遠のいてしまうでしょう？　きっと殿下の心からルイーズは消えてしまうわ」

「そう決めるのは早計だ。セオドールはルイーズと会えて穏やかな時間を過ごせたようだ。お前には言っていなかったが、セオドールは俺に『ルイーズほど心の清らかな女性はいない。一緒にいて幸せな気持ちになれる』と話してくれた。再会させてくれたフィラーナに感謝している、ともな。セオドールもルイーズに愛情を感じていたような口調だった」

「殿下が、そんなことを……？」

「ああ。それに実は……セオドールが帝位継承権の放棄を申し出てきた」

「えっ……⁉」

フィラーナは驚きのあまり身を乗り出して、ウォルフレッドの正面を向く。

「セオドールには以前から、画家になりたいという夢があったらしい。だが、身分のためになかなか打ち明けられなかった、と」

フィラーナは、セオドールの描いた巧みな鳥の絵を思い出した。ただの趣味ではなく、それは少年が抱く自身の夢の欠片だったのだ。

「以前から師事したい画家がいて、そこに弟子入りをしたいそうだ。本格的に絵を勉強して、ひとり立ちしたら……いずれ、ルイーズを迎えに行きたいと伝えてきた。だが……俺は、一時の情に動かされているのなら、やめるべきだと忠告した」

「殿下は、なんて……？」

「一時の気の迷いではなく真剣だ、どんなことがあっても彼女を諦めない、もし認めてもらえないなら今すぐここで斬り捨ててくれ、と。……子供だと思っていたが、いつの間にか大人としての気概が備わってきたんだな。あいつに〝男〟を見せられるとは思ってもいなかった」

ウォルフレッドが、少しだけ口角を上げる。

「だったら、俺もそれに真剣に応えるしかない。父に嘆願して、セオドールの申し出を認めてもらえるようにする」

「ウォルはそれでいいの？　……ずっと、セオドール殿下が帝位を継げるよう、頑張ってきたのに」

間があったが、フィラーナの言葉にウォルフレッドは小さく頷いた。

「そうだな……気が抜けた、というのが正直なところだが、また一から気持ちを入れ直して今後を考えていこうと思っている。それよりも、セオドールの決意を今は大事にしてやりたい。お前が俺でも、きっとそうするだろう？」

「……ええ、そうね」

フィラーナも微笑むと、ウォルフレッドの肩に頭を預けて目を閉じた。

いつかルイーズとセオドールが手を取り合い、心から笑い合える日が来ることを強く願って。

それから早速、ウォルフレッドは皇帝にセオドールの臣籍降下を願い出た。しかし帝国史上、前例がないため、幾日にもわたり、重臣たちを交じえて協議が行われた。ウォルフレッドは政務に忙殺されながらも、セオドールの決意を現実のものとするために奔走しているようだった。このままでは倒れてしまうのではないかと、フィラーナは気が気ではなかったが、自分に何ができるわけでもない。静かに動向を見守るほかなかった。

そして、それとは別に、フィラーナ自身、真剣に向き合わなければならないことがあった。

皇帝にセオドールの件を嘆願する直前、ウォルフレッドはフィラーナのもとを訪ねて、こう告げた。

『これまでは、セオドールに帝位を渡せるようにと、それを信条として生きてきたが……改めて決意した。本当の意味で、いずれ父から帝位を受け継ぎ、国を統べ、民を守り、率いていく』

ウォルフレッドは彼女の手をそっとすくい上げ、自身の手を重ねた。

『だから、フィラーナには皇太子妃に、いずれは皇妃となってもらいたい。お前は優しく、人から愛される性格なうえに、強く勇敢だ。お前のような女に、俺は会ったことがない。お前が皇妃としての素質を充分満たしていることは、誰よりも俺が一番よく知っている』

フィラーナも、自分が嫁ぐのは彼しかいない、と決めている。それは、ゆくゆくは皇妃になるということだと理解していた。

だが、展開の速さについていけず、フィラーナはすぐに返事をすることができなかった。何しろ自分が皇妃になるなど、考えてもいなかったのだ。

固まって、呆然としてしまったフィラーナに、ウォルフレッドは気遣いを見せて穏やかに微笑んだ。

『突然、こんなことを言って困らせたな。すまない。今すぐに返事をしなくてもいい』

そう告げられて十日ばかり経過した。

「フィラーナ様、皇太子殿下がお見えです」

自室で読書をしていたフィラーナは、メリッサの声にハッと顔を上げた。すぐ入室してもらおうと思ったところで、ふと自分の衣服に視線を落とす。

怪我の影響で身体に負担をかけないよう、コルセットの着用はしばらく医師から止められている。なので、これまで当たり前だったドレスに代わり、腰のくびれのない、ゆったりした夜着のような服が今の普段着だ。

毎回こんな格好で会うことに躊躇するが、仕方がないと自身に言い聞かせる。入室してもらうよう伝えると、神妙な面持ちのウォルフレッドがすぐに姿を現した。

「セオドールの臣籍降下が認められそうだ」

「本当⁉　よかった！　すごく心配してたのよ！」

安堵の笑みを浮かべたフィラーナは思わず、彼の手を握りしめる。そのまま、ふたり並んでソファへ腰掛けた。

「思った通り協議が難航したが、最後に決定を下されたのは陛下だった。正確に言えば、セオドールを自由にすることの引き換えに、俺は条件を言い渡された」

「……条件？」

「ああ。それは、皇太子の……俺の一刻も早い結婚だ。父からすれば、いつまでも逃げ回っている俺の首根っこを押さえておきたいのだろう」

ウォルフレッドは緑の瞳をまっすぐにフィラーナに向ける。

「この前の話、考えてくれたか……？」

「……ええ」

考える時間は、充分にあった。頷くと、ウォルフレッドに真剣な眼差しを向ける。

「……これからもあなたのそばにいられるのなら、とても幸せよ。こんな私でも妃として望んでもらえるのだから」

「そうか、じゃあ……！」

「でも！　その前に」

喜びで顔を輝かせ、今にも抱きしめようとするウォルフレッドを制し、フィラーナは言葉を続ける。

「あなたに見せなくてはいけないものがあるの。……ちょっと立って後ろを向いてもらえるかしら？」

自然と意識は脇腹へ集中する。

「え……？」

「いいから早く。私がいいと言うまでよ？」

戸惑いを隠せないウォルフレッドだったが、彼女に言われた通りにした。

（躊躇ってる場合じゃないわ……）

意を決してフィラーナは裾をたくし上げ、その下の包帯を解き始めた。

「……も、もういい……わよ」

フィラーナの声を合図に、ウォルフレッドは身体の向きをもとに戻した。だが、その瞬間、驚きで目を見開く。

フィラーナが腰の上まで服をめくり、その白く滑らかな肌を晒しているのだ。当然、下半身を覆う下着も。

「お、おい、お前っ、何して――」

「いいから、ちゃんと見て！」

半分やけになったような叫び声をあげて、フィラーナは目を閉じ、顔を背ける。その顔は羞恥で真っ赤に染まっている。

「ここに……傷あとがあるでしょう？」

「傷？」

言われた通り、ウォルフレッドが目を凝らすと、脇腹のあたり、小指ほどの長さの赤く線となった箇所がある。一応、外からの強い衝撃に備えるために、あと二、三日は包帯を巻いておくよう医師から指示があったが、もうほとんど癒えて、白い肌に赤い傷あととして残っているだけだ。

「……この前、刺されたあとか……？」

「ええ……」

相手が認識したのを確かめ、フィラーナはサッと裾をもとに戻した。だが、視線は床に落としたまま。

「ルイーズがあのまま死ぬことを思ったら、こんな傷、たいしたことじゃないし、私自身は全然後悔してないわ。でも、夫婦になる前に、ウォルにはちゃんと見せなきゃと思ったの。……これを見て、あなたがどう感じるかは、わからないけど——」

「お前はバカだな」

力強い口調で発言を遮られたと思った次の瞬間、フィラーナはぐいと顎をつかまれ、上を向かされていた。そのまま立て続けに、唇を奪われる。

ウォルフレッドはフィラーナの身体を抱き寄せ、ソファの上に押し倒した。

「ちょ、ちょっと、何す——」

「こんなことで、俺がお前との誓いを撤回するとでも思っているのか？」

「えっと……」

「この傷は、お前が命がけで友人を守った勇気の証だ。そんなお前に俺は心底、惚れているんだ。だが、確実に俺の寿命が縮まるから、これからは危険な行動は慎め」

目を丸くしたまま言葉の出てこないフィラーナの頬を、掌で優しく包み込む。

「まさかずっと心配していたのか？　だったら、俺の気持ちをここで証明してやろう」

ウォルフレッドが再び唇を塞いだ。深い口づけを何度も繰り返したあと、彼の唇は下へと移動していく。

「あ、待って……」

首筋を這う熱に、フィラーナの身体がビクリと反応する。

やがて熱が肌から離れるのを感じ、彼女がホッと息をついたのも束の間。なんと、ウォルフレッドがスカートの裾を勢いよく、めくり上げたのだ。

「きゃあああ、ななな、何……!?」

「いいから、そのままでいろ」

「いいからって、意味わからない！　……ひゃあ!?」

フィラーナの抗議の言葉が、驚きの声へと変わる。ウォルフレッドが自分の脇腹に顔を近づけ、傷の上にキスを落としたからだ。

「や……やめ……」

慈しむように優しく繰り返される口づけに、フィラーナの身体からは次第に抵抗する力が抜けていく。

信じられないくらい、身体が熱い。こらえたくても出てしまう甘さを含んだ声に自分自身驚いて、思わず両手で口を覆う。

　やがて、顔を上げたウォルフレッドが、浅い呼吸を繰り返すフィラーナの顔を見下ろして微笑んだ。

「いい顔をしてる。可愛いな」

「い、いきなり何するのよ、からかわないで……っ」

　動揺を隠すかの如く、フィラーナは相手をキッと睨みつける。

「煽《あお》るお前が悪い。初夜前に、お前のほうから肌を見せてくれるとは思わなかった」

「そ、そんなつもりじゃ……！」

「わかっている。だが、お前が不安なら、今ここで既成事実を作ってもいいぞ」

「なっ……!?　き、既成……っ」

　恥ずかしさで涙目になり、湯気が出そうなほど顔を真っ赤にしたフィラーナに、ウォルフレッドは不敵な笑みをこぼす。

　だが、すぐに優しい眼差しを向け、甘く囁いた。

「愛してる、フィラーナ。お前が欲しくてたまらない」

「ん……」

　耳朶《みみたぶ》にかかる熱い息が、フィラーナの意識を浮遊状態へと誘う。まだその時ではないのだから、抵抗しなくてはいけないのに、身体に力が入らない。それはきっと、彼に触れられる喜びを知ってしまったから……。

ウォルフレッドの手が再び、布地の下にゆっくりと入れられようとした時――。

「殿下、そろそろ会議の時間です」

ノック音のあと、扉の外からかけられた声に、ふたりはハッと我に返る。声の主は間違いなくレドリーだ。

（レドリーには透視能力があるのか？）

ウォルフレッドは一瞬恨めしく思ったが、暴走を止めてくれた側近に感謝の念が生じているのも事実だ。

複雑な思いのまま、ウォルフレッドはため息をついて身体を起こした。そして、押し倒してしまったフィラーナの身体も、すぐに支え起こす。

「……いきなり、すまなかった」

バツが悪そうに視線を落とすウォルフレッドを見て、フィラーナは心の奥から愛おしいという感情が湧き上がってくるのを感じた。勇気の証だ、と傷を受け入れて、自分を求めようとしてくれたことが、このうえなく嬉しい。

彼のダークブラウンの髪に手を伸ばし、そっと撫でる。その感触に、ウォルフレッドもゆっくりと顔を上げた。

「ウォル。私、ちゃんと役目を果たせるか今はまだわからないけど、あなたと一緒にいたい気持ちは前と変わらない。……こんな私でよければ喜んで、お妃になります」

「本当か……？」

「ええ」

目を見開いたウォルフレッドにフィラーナは優しく微笑む。

「よかった。……どうか、これからもよろしく頼む」

ようやく彼も穏やかな笑みを取り戻すと、そっと彼女を抱きしめたのだった。


二ヵ月後、結婚式が挙げられることになった。日程としては、かなり慌ただしいが、少しでも早く成婚し、セオドールの手に自由をつかませてやりたいという、ウォルフレッドとフィラーナの気持ちの表れである。

それまでにフィラーナは皇太子妃――いずれは皇妃としての素質と教養を身につけねばならず、外国語、ダンス、立ち居振る舞い、歴史、法律などあらゆる分野の勉強に一層、磨きをかけなくてはならなくなった。

「ああ、朝からずっとじゃ鬱憤がたまるわ……。たまには、思い切り剣を振って発散したい！」

「いけませんよ、フィラーナ様。その玉のようなお肌が傷ついたら、いかがされるおつもりなのです」

メリッサにそうたしなめられることも、しばしばである。それでも、持ち前の向上心と勉学や知識に対する好奇心から、いつの間にか皇太子妃教育にのめり込み、楽しんでいた。

結婚式の前夜。

さすがのフィラーナも緊張して、なかなか眠れずにいた。鎮静効果のあるハーブティーを飲んでみたが、あまり効果が得られない。ソファから立ち上がると、ガラス扉を開けてバルコニーの中央に立ち、外の空気を胸いっぱいに吸い込んでみた。頭上には、満天の星が無数のきらめきを放っている。

「まだ起きていたか」

甘く心地よい声が、背後からフィラーナの鼓膜を揺らした。

振り向けば、ガラス扉付近にウォルフレッドが立っている。

「遅くにすまない。急にお前の顔が見たくなって、部屋に入った」

「いいのよ。私も眠れなくて、星を眺めてたの」

「明日は大事な日だ。体調を崩すなよ」

ウォルフレッドは後ろから、ふわりとフィラーナの身体を包み込む。フィラーナも嬉しそうに微笑むと、前に回された逞しい腕に優しく手を添えた。

「親族とは、ゆっくり話せたか？」

「ええ。懐かしい話もたくさんしたわ」

明日の結婚式に参列するために、父エヴェレット侯爵と兄のハウエル、亡き母の代わりに花嫁修業の世話をしてくれたバートリー伯爵夫妻が昼間、故郷から王宮に到着した。落馬事故の後遺症で長旅は絶対に無理だと思われていたハウエルの元気な姿に、フィラーナは涙を流した。そんな妹を兄は優しく抱きしめ、『お前の幸せが僕の生きる希望だ。これからは自分の幸せを一番に考えるんだよ』と言葉をかけたものだから、フィラーナは子供のように泣きじゃくった。

「帝都へ出発する前日も、こんな晴れた星空が広がっていたわ」

フィラーナが頭上へと顔を向ける。

「あの時は、私がまさか氷のように冷淡な皇太子のお妃に選ばれるなんて、ちっとも思ってなかったけど、運命って不思議ね」

「そうだな……俺もまさか、港町で出会った跳ねっ返りのじゃじゃ馬を妃に迎えるとは、想像もしていなかった」

「あら、ひどい」

「先に言ったのはお前だ」

フィラーナがおどけて言ったのに対し、ウォルフレッドも負けじと言い返す。そして、互いに笑い合う。

ウォルフレッドは腕を離し、フィラーナの正面に回った。

「国を治めていくうえで、これから様々な困難が待ち受けているだろう。だが、お前がいれば俺はいつでも強くなれる。こんな俺だが、これからずっと、そばで支えてほしい」

真剣な眼差しに、フィラーナは目を逸らすことができない。

「俺はいずれこの国の王となり、民の父となる。だが、お前とふたりでいる時は、俺はただの男だ。俺の心も身体もすべて、お前だけのものだ。全身全霊をかけて、お前を愛し、守り抜くことを誓う」

ウォルフレッドは彼女の手をそっとすくい上げると、その白い甲に優しいキスを落とした。

「明日、神に誓う前に、お前に誓いたかった」

「ウォル……」

フィラーナの中に熱いものが込み上げ、胸が甘く締めつけられる。

「私も……あなただけを一生愛し抜くことを誓います……！」

こぼれそうになる涙を抑え、フィラーナは笑顔で愛しい人の胸に身を寄せた。

これから何があっても、ずっとそばにいる。

どんな困難でも乗り越えて、輝く未来へと、ともに歩んでいこう。

ふたりは熱い口づけを交わし、幸せそうに微笑んだ。


こうして帝位を受け継いだウォルフレッドは、その後数百年続くスフォルツァ帝国の平和と繁栄の礎を築いた賢王として、そしてフィラーナはその治世を支えた慈悲深く勇敢な皇妃として、歴史に名を刻むことになる。

だが、それはまだずっと先の、遠い未来の話――。


【完】

あとがき

こんにちは。作者の葉崎あかりと申します。このたびは『冷徹皇太子の溺愛からは逃げられない』をお手に取っていただき、心よりお礼申し上げます。

恋愛小説ではありますが、今回はアクション多めの動き回るヒロインを書きたい、ただ守られているだけではなく行動力のあるヒロインを……と思い立ち、最初に漠然と浮かんだイメージは『剣を構えるドレス姿の令嬢、または王女』でした。そこから人物像を固め、書き進めていきましたら、物怖じせず、ライバルたちからの嫌がらせにも屈せず、窮地に陥っても突破口を見つけようとし、挙句の果てには剣を振り回す……という、じゃじゃ馬ができ上がっていった次第です。弱々しくないキャラにすることで、読者の皆様に少しでも爽快感を味わっていただけましたら幸いです。

そして、そんなヒロインに無意識に惹かれていき、冷静さを欠いてしまうヒーロー。『ヒロインはいいところのお嬢様なのに、お転婆がすぎたら、冷徹なヒーローでも手を焼くのか』というのも、表現したいテーマのひとつでした。そんな彼が知らず知らずのうちにペースを乱されていく様子は、書いていていて楽しかったです。時々、口は悪いけど面倒見のいいお兄さん、になっていましたね。結婚後、ふたりきりの時は冷徹な仮面を剥ぎ取って、思う存分ヒロインを可愛がってやってほしいと思います。その溺愛ぶりに、今度はヒロインのほうがペースを乱されていく様子を想像するのも、また楽しかったりします。

そんなわけで冒頭からおとなしくない主人公ふたりの恋物語ですが、いかがでしたでしょうか？ 少しでもドキドキ、たまにクスッと笑っていただけましたら、作り手としてとても嬉しいです。

最後になりましたが、担当編集の阪上様、三好様。細部にわたるまで丁寧なご指示をたまわり、どうもありがとうございました。素敵な表紙を描いてくださいました亜子様。ラフ時点からドキドキが止まらず、ひたすら悶えておりました。また、スターツ出版の皆様、本作に携わってくださった皆様に、深く感謝いたします。

そして、応援してくださった読者の皆様、本作をお手に取ってくださったすべての方々に心より感謝申し上げます。ありがとうございました！

葉崎《はざき》あかり

葉崎あかり先生への
ファンレターのあて先

〒104-0031
東京都中央区京橋1-3-1
八重洲口大栄ビル7F
スターツ出版株式会社　書籍編集部　気付

葉崎あかり先生

本書へのご意見をお聞かせください

お買い上げいただき、ありがとうございます。
今後の編集の参考にさせていただきますので、
アンケートにお答えいただければ幸いです。

下記URLまたはQRコードから
アンケートページへお入りください。
https://www.berrys-cafe.jp/static/etc/bb

冷徹皇太子の溺愛からは逃げられない

2019年11月10日　初版第1刷発行

著　者　葉崎あかり
©Akari Hazaki 2019

発行人　菊地修一

デザイン　カバー　菅野涼子（説話社）
フォーマット　hive & co.,ltd.

校　正　株式会社　文字工房燦光

編　集　阪上智子　三好技知（ともに説話社）

発行所　スターツ出版株式会社
〒104-0031
東京都中央区京橋1-3-1　八重洲口大栄ビル7F
TEL　出版マーケティンググループ　03-6202-0386
（ご注文等に関するお問い合わせ）
URL　https://starts-pub.jp/

印刷所　大日本印刷株式会社

Printed in Japan

乱丁・落丁などの不良品はお取替えいたします。
上記出版マーケティンググループまでお問い合わせください。
定価はカバーに記載されています。

ISBN 978-4-8137-0789-9　C0193

ベリーズ文庫 2019年11月発売

『俺様上司が甘すぎるケモノに豹変!?～愛の巣から抜け出せません～』　桃城猫緒《ももしろねこお》・著

広告会社でデザイナーとして働くぽっちゃり巨乳の梓希は、占い好きで騙されやすいタイプ。ある日、怪しい占い師から惚れ薬を購入するも、苦手な鬼主任・周防にうっかり飲ませてしまう。するとこれまで俺様だった彼が超過保護な溺甘上司に豹変してしまい…!?

ISBN 978-4-8137-0784-4／定価：本体640円＋税

『冷徹御曹司のお気に召すまま～旦那様は本当はいつだって若奥様を甘やかしたい～』　惣領莉沙《そうりょうりさ》・著

恋愛経験ゼロの社長令嬢・彩実は、ある日ホテル御曹司の諒太とお見合いをさせられることに。あまりにも威圧的な彼の態度に縁談を断ろうと思う彩実だったが、強引に結婚が決まってしまう。どこまでも冷たく、彩実を遠ざけようとする彼だったけど、あることをきっかけに態度が豹変し、甘く激しく迫ってきて…。

ISBN 978-4-8137-0785-1／定価：本体630円＋税

『早熟夫婦～本日、極甘社長の妻となりました～』　葉月《はづき》りゅう・著

母を亡くし天涯孤独になった杏華。途方に暮れていると、昔なじみのイケメン社長・尚秋に「結婚しないか。俺がそばにいてやる」と突然プロポーズされ、新婚生活が始まる。尚秋は優しい兄のような存在から、独占欲強めな旦那様に豹変！　「お前があまりに可愛いから」と家でも会社でもたっぷり溺愛されて…！

ISBN 978-4-8137-0786-8／定価：本体640円＋税

『蜜愛婚～極上御曹司とのお見合い事情～』　白石《しらいし》さよ・著

家業を救うためホテルで働く乃梨子。ある日親からの圧でお見合いをすることになるが、現れたのは苦手な上司・鷹取で!?　男性経験ゼロの乃梨子は強がりで「結婚はビジネス」とクールに振舞うが、その言葉を逆手に取られてしまい、まさかの婚前同居がスタート!?　予想外の溺愛に、乃梨子は身も心も絆されていき…。

ISBN 978-4-8137-0787-5／定価：本体640円＋税

『イジワル御曹司と契約妻のかりそめ新婚生活』　砂原雑音《すなはらのいず》・著

カタブツOLの歩実は、上司に無理やり営業部のエース・郁人とお見合いさせられ"契約結婚"することに。ところが一緒に暮らしてみると、お互いに干渉しない生活が意外と快適！　会社では冷徹なのに、家でふとした拍子にみせる郁人の優しさに、歩実はドキドキが止まらなくなり…!?

ISBN 978-4-8137-0788-2／定価：本体640円＋税

タイトル、価格等は変更になることがございますのでご了承ください。

ベリーズ文庫 2019年12月発売予定

Now Printing

『あなたのことが大嫌い～許婚はエリート官僚～』 砂川雨路《すながわあめみち》・著

財務省勤めの翠と豪は、幼い頃に決められた許嫁の関係。仕事ができ、クールで俺様な豪をライバル視している翠は、本当は彼に惹かれているのに素直になれない。豪もまた、そんな翠に意地悪な態度をとってしまうが、翠の無自覚なウブさに独占欲を煽られて…。「俺のことだけ見ろよ」と甘く囁かれた翠は…!?

ISBN 978-4-8137-0808-7／予価600円＋税

Now Printing

『ソムニウム～イジワルな起業家社長と見る、甘い甘い夢～』 ひらび久美《くみ》・著

突然、恋も仕事も失った詩穂。大学の起業コンペでライバルだった蓮斗と再会し、彼が社長を務めるIT企業に再就職する。ある日、元カレが復縁を無理やり迫ってきたところ、蓮斗が「自分は詩穂の婚約者」と爆弾発言。場を収めるための嘘かと思えば、「友達でいるのはもう限界なんだ」と甘いキスをしてきて…。

ISBN 978-4-8137-0809-4／予価600円＋税

Now Printing

『大嫌いな私の旦那様は不器用につき、』 田崎《たさき》くるみ・著

新卒で秘書として働く小毬は、幼馴染みの将生と夫婦になることに。しかし、これは恋愛の末の幸せな結婚ではなく、形だけの「政略結婚」だった。いつも小毬にイジワルばかりの将生と冷たい新婚生活が始まると思いきや、ご飯を作ってくれたり、プレゼントを用意してくれたり、驚くほど甘々で…!?

ISBN 978-4-8137-0810-0／予価600円＋税

Now Printing

『恋待ち婚～二度目のキスに祈りを込めて』 紅《くれない》カオル・著

お人好しOLの陽奈子はマルタ島を旅行中、イケメンだけど毒舌な貴行と出会い、淡い恋心を抱くが連絡先も聞けずに帰国。そんなある日、傾いた実家の事業を救うため陽奈子が大手海運会社の社長と政略結婚させられることに。そして顔合わせ当日、現れたのはなんとあの毒舌社長・貴行だった！

ISBN 978-4-8137-0811-7／予価600円＋税

Now Printing

『【極上旦那様シリーズ】契約溺愛ウエディング～パリで出会った運命の人～』 若菜《わかな》モモ・著

パリに留学中の心春は、親に無理やり政略結婚をさせられることに。お相手の御曹司・柊吾とは以前パリで会ったことがあり、印象は最悪。断るつもりが「俺と契約結婚しないか？」と持ち掛けてきた柊吾。ぎくしゃくした結婚生活になるかと思いきや、柊吾は心春を甘く溺愛し始めて…!?

ISBN 978-4-8137-0812-4／予価600円＋税

タイトル、価格等は変更になることがございますのでご了承ください。

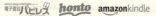

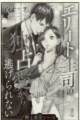

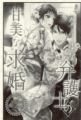

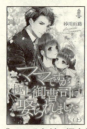

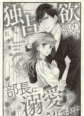